D1170607

Nous remercions le ministère du Patrimoine canadien,
la SODEC et le Conseil des Arts du Canada
de l'aide accordée à notre programme de publication

Patrimoine canadien | Canadian Heritage

Conseil des Arts du Canada | Canada Council for the Arts

ainsi que le gouvernement du Québec
– Programme de crédit d'impôt
pour l'édition de livres
– Gestion SODEC.

Nous reconnaissons l'aide financière
du gouvernement du Canada
par l'entremise du Programme d'aide au développement
de l'industrie de l'édition (PADIÉ) pour ce projet.

Illustration de la couverture :
Catherine Gauthier

Conception de la maquette :
Mélanie Perreault et Ariane Baril

Montage de la couverture :
Grafikar

Édition électronique :
Infographie DN

Membre de l'Association nationale des éditeurs de livres

Dépôt légal : 4e trimestre 2009
Bibliothèque nationale du Canada
Bibliothèque nationale du Québec

1234567890 IML 09

ISBN 978-2-89633-135-2
11357

La chamane de Bois-Rouge

DU MÊME AUTEUR :

Aux Éditions de la Paix

Suzanne, ouvre-toi, 2004
Votez Gilbarte, 2004
Mélodie et la Fontaine, prix Excellence 2005
Le clan Rodriguez, 2006

Aux Éditions Messagers des Étoiles

Bénigne et Robert, 2005

Aux Éditions de l'AS

Calme-toi, Frédéric ! 2007
Mais où est passé Anatole ? 2007
Fiona ! Tu exagères ! 2008

Catalogage avant publication
de Bibliothèque et Archives Canada

Steinmetz, Yves

La chamane de Bois-Rouge

(Conquêtes ; 125. Roman)
Pour les jeunes de 12 ans et plus.

ISBN 978-2-89633-135-2

I. Titre II. Collection : Collection Conquêtes ; 125.
II. Collection : Collection Conquêtes. Roman.

PS8637.T45H42 2008 jC843'.6 C2009-942025-2
PS9637.T45H42 2008

Yves Steinmetz

La chamane de Bois-Rouge

roman

9300, boul. Henri-Bourassa Ouest, bureau 220
Saint-Laurent (Québec) H4S 1L5
Téléphone : 514-335-0777 – Télécopieur : 514-335-6723
Courriel : info@edtisseyre.ca

À Mélanie Perreault.

1

Quelqu'un, à Bois-Rouge, a-t-il pu oublier Celina Buglio ? Je ne gagerais pas ma fortune sur une question aussi hasardeuse. Pourtant, je n'ai même pas vécu l'inconfort de la connaître. Il aurait fallu, pour cela, que mon arrière-arrière-grand-mère vive plus que centenaire. Or il faut lui être reconnaissant : elle ne dépassa pas l'âge respectable de soixante-sept ans. Son âge, soit dit en passant, fut la seule chose respectable dont on puisse la créditer.

Comme Celina Buglio, je suis une marginale. On m'a assez montrée du doigt pour que naisse en moi une solidarité avec tous les réprouvés de la Terre. Mais une solidarité avec la Buglio, non. J'ai trop souffert de son douloureux héritage. Dès mon plus jeune âge, il n'y eut de jour, à l'école ou dans la rue, où l'on ne m'accusât d'être fille de sorcière, suppôt du diable, empoisonneuse publique…

Après quatre générations, mes détracteurs ne savaient plus exactement de quoi ils parlaient, mais la réputation de la lignée maudite à laquelle j'appartenais avait résisté à l'érosion des siècles. Quand ils ne trouvaient rien à me reprocher, ils me traitaient de sauvagesse. Je détestais ce mot, car les Amérindiens sont tout sauf des sauvages, mais j'assumais avec fierté mes origines. J'ai toujours dédaigné de répondre lorsqu'on m'appelait Thérèse Duclos. Même quand les cailloux volaient autour de moi, j'ai toujours porté sans faiblir mon nom de Pied-de-Lièvre que m'ont donné mes parents algonquins, Marguerite et Petit Nuage.

Devenue adulte, je décidai de faire le grand ménage dans mon hérédité. Comment pouvais-je être à la fois descendante des Algonquins et de Celina, la Calabraise ?

Dans les registres de l'état civil, aucune trace de Celina Buglio.

Dans le baptistère, encore moins.

Bien sûr, il existe, à Bois-Rouge, une petite société d'histoire dont les archives, soigneusement compilées par des générations de bénévoles, remontent à la fin du dix-huitième siècle, une génération avant que ce village charmant soit temporairement contaminé par l'apparition de la Buglio.

De loin en loin, dans ces poussiéreux témoins du passé tenant plus du ragot que du document, je trouvais un feuillet anonyme, toujours calligraphié de la même main, dans un français approximatif, et invariablement consacré à Celina. J'appris plus tard que cette écriture appliquée provenait d'une certaine Maria Franzetti, la première institutrice de Bois-Rouge.

Et qui ne devait pas porter la Buglio dans son cœur.

Mais ce n'est pas à partir de ces écrits sporadiques, dictés par la rancune et par la peur, que j'ai pu établir le portrait de mon aïeule.

J'ai dû faire appel à tous les pouvoirs de Chamane, qui m'ont été transmis par Poanda. J'ai pu ainsi remonter dans la mémoire de mes ancêtres jusqu'à la nuit des temps pour savoir qui était vraiment Celina Buglio.

Au moment où je rédige ces lignes, je suis devenue une sorte d'anti-Celina, car j'ai compris qu'il y avait eu autant de haine dans sa vie que d'amour dans la mienne. Voilà une différence qui n'incite pas au rapprochement.

Angelo Buglio, mon arrière-arrière-grand-oncle, vivait de misère au soleil de la Calabre. Rude et sec comme un chant de corneille, le cheveu et l'œil aussi noirs que ce même oiseau, dont il avait le caractère cauteleux et sauvage.

Un hargneux.

Cadet d'une famille nombreuse de fermiers aussi faméliques que prolifiques, il n'avait aucun espoir de s'établir un jour à la suite de son père. Le frère aîné, Marcello, hériterait du maigre bien, que la coutume interdisait de morceler. Marcello régnerait alors comme fermier et comme chef de la famille. Il faudrait lui obéir ou partir.

Angelo paraissait avoir douze ans mais en avait dix-huit quand frappa l'épidémie.

Il s'était contenté, jusque-là, de survivre sur la terre ancestrale sans y jouer de rôle précis. Ses trois chèvres squelettiques, dont aucun loup n'aurait voulu, ne donnaient pas de lait. Il aurait fallu pour cela leur offrir à manger. Ces bestioles ne sont pas généreuses de nature. En outre, les siennes connaissaient les sentiers aussi bien que leur propriétaire et n'avaient nul besoin d'un guide. Cela laissait à Angelo tout le loisir de courir d'autres chemins à la tête d'une bande de voyous.

Tant que ses méfaits se bornèrent au vol, on ferma les yeux. Quand le sang coula pour la première fois, on décida qu'Angelo était dès lors adulte et qu'il fallait songer à « sa carrière ».

Lorsqu'un cadet devenait encombrant, trois perspectives s'ouvraient à lui. L'Église, l'armée ou l'exil. Si le jeune homme était doux, on lui trouvait une vocation religieuse, une soutane de seconde main et une place dans les ordres.

Impensable dans le cas d'Angelo.

Si le jeune homme était ardent, on en faisait un soldat. Avec un peu de chance, il se faisait occire dans quelque futile bataille et l'on pouvait réclamer une indemnité à son seigneur et maître. Mais Angelo était trop sauvage pour obéir aux ordres.

S'il était fou au point d'être dangereux, on l'envoyait coloniser les Amériques.

Angelo n'était pas le plus déshérité de sa famille, loin de là. Après lui, sur le tard, sa mère avait donné naissance à un être dont nul n'évalua le rang, vu que c'était une fille. Destinée par les tristes coutumes de l'époque à devenir épouse ou servante, ce qui revenait au même, la jeune Celina se révéla cependant, dès le plus jeune âge, être une petite peste indomptable qu'il aurait fallu diriger à coups de fouet.

Impossible, donc, d'en faire une servante, encore moins de la marier car elle joignait la laideur à la méchanceté.

Il faut dire aussi qu'elle n'avait pour dot que les noires baguettes lui hérissant le crâne, de longues dents affamées et les os qu'on pouvait compter sous sa peau couleur de châtaigne.

De plus, elle louchait. Son regard désaxé ne dévisageait pas, il toisait avec le double mépris qu'engendrait son strabisme. Seul Angelo, qui la frappait volontiers, pouvait lui faire baisser le nez.

Et son sourire !

Une grimace qui donnait le frisson. Ses yeux se plissaient de méchanceté dans un faciès glacial et sa bouche se fendait d'un rictus où les dents se montraient plus enclines à mordre qu'à exprimer la joie.

Celina, pour tout dire, ne souriait que férocement, ne riait que du malheur des autres.

Que faire de ce petit monstre ? L'enfermer au cloître ? Mais elle s'était barré cette voie en mettant le feu au couvent… simple vengeance ; l'abbesse l'avait giflée pour la punir d'avoir volé une figue.

N'ayant devant elle aucune existence propre, elle suivit, seule fille de la bande, les traces de son frère Angelo dont elle partageait le cynisme et l'audace.

Un certain équilibre s'était installé au sein de la petite troupe à laquelle Angelo avait su, par son impressionnante méchanceté, s'imposer comme chef. Un chef qu'on admirait et enviait tout à la fois. Un chef qu'on haïssait sans jamais oser le contester. On se contentait plutôt d'attendre qu'il se trouve en mauvaise posture pour pouvoir l'abattre sans risque.

Angelo rossait cruellement sa sœur, ce qui terrorisait les jeunes voyous de sa bande et lui évitait d'avoir à les frapper continuellement eux aussi. Celina, elle, supportait sans un cri les sévices qu'elle considérait comme l'une des routines de la vie.

Ayant l'âme d'une espionne, elle surprenait souvent l'un des voyous à commettre une faute. Elle s'empressait alors de négocier. Si le fautif lui offrait un présent suffisant pour acheter son silence, elle concluait le marché. Sinon elle dénonçait le coupable à son frère en échange de quelque privilège.

Le reste du temps, elle fouinait alentour et n'avait pas son pareil pour renseigner ses acolytes sur un bon coup.

Aussi dure à la tâche qu'à la souffrance, elle consolida, au sein de l'escouade d'Angelo, une personnalité qu'elle allait cultiver toute sa vie. N'ayant point le cœur encombré d'un amour dont elle ignorait jusqu'à l'existence, elle avait en elle un grand espace libre qu'elle s'appliquait à garnir de la haine la plus implacable.

Sa carrière semblait toute tracée. Malheureusement, ce bel équilibre ne dura que quelques mois.

Vers le milieu du dix-neuvième siècle, la maladie frappa. Une double épidémie. Tandis qu'une fièvre vicieuse décimait le maigre bétail de la famille Buglio, une sorte de peste en faisait autant des humains.

La panique se mit de la partie.

On songea à fuir.

C'est alors qu'Angelo dénicha un emploi sur un voilier en partance pour New York. Devant la menace de la maladie, toute la parenté projeta de l'imiter. Quand elle se rendit compte que Celina serait du voyage, la famille Buglio choisit des deux maux le moindre et décida de rester en Calabre.

Le voilier avait à peine doublé Gibraltar, qu'Angelo fut fouetté et jeté aux fers pour avoir volé la montre du maître d'équipage. Il passa donc la longue traversée dans les bas-fonds, à partager son pain avec rats et cafards.

Celina, elle, sut s'organiser de manière plus pratique. Engagée comme souillon de cuisine et de buanderie, elle mit à profit la solitude des gens de mer pour s'attirer cadeaux et privilèges. Les marins étaient des hommes rudes, peu sujets à se laisser intimider par l'amertume de ce jeune épouvantail. Et comme l'isolement les rendait peu regardants sur les qualités physiques et morales de mon aïeule, elle fut très courtisée.

L'aventure commença alors que le navire voguait encore en Méditerranée. Celina, voyant que les matelots la lorgnaient avec insistance, s'amusa à attiser leur jalousie. Le résultat ne se fit pas attendre.

Il y eut bagarre.

Les antagonistes se retrouvèrent aux fers. Celina, privée de deux admirateurs, sut en aguicher de nouveaux.

Il y eut bagarre derechef.

Dangereusement, d'escarmouche en échauffourée, l'équipage s'amenuisa. La cale regorgeait de prisonniers, les gabiers vinrent à manquer et le capitaine prit la décision qu'imposait la sécurité du navire. On libéra les marins pour enfermer Celina en compagnie de son frère. Il paraît qu'elle s'y rendit fort utile en semant la zizanie parmi les rats qui dès lors s'entretuèrent.

La jeune fille meubla son inaction en planifiant sa future conquête du Nouveau Monde. Elle commencerait sa nouvelle vie avec Angelo, dont elle aurait besoin pour assurer sa sécurité face à l'inconnu. Ensuite elle l'éliminerait. Depuis l'enfance, elle rêvait du jour béni où elle tuerait son aîné.

Sa retraite forcée lui fit aussi prendre conscience d'un aléa fâcheux. Elle couvait en elle un parasite dont elle n'avait pas les moyens, à fond de cale, de se débarrasser. À peine âgée de treize ans, Celina était enceinte. Ce contretemps ne la contraria pas très longtemps. New York était vaste et ne devait pas manquer d'enfants abandonnés. Elle mettrait le sien au monde, puisqu'elle n'avait d'autre choix, et trouverait bien le moyen de le déposer sur le parvis de quelque église.

L'histoire de ma famille commençait fort mal, puisqu'il n'était question que d'y mettre fin.

À l'escale de Québec, où le navire faisait cargaison de fourrures, Celina et Angelo virent leurs projets prendre une tout autre tournure. Le voyage, dont la destination première était New York, s'arrêterait là pour eux. Reconnus coupables, à bord, l'un de vol et l'autre d'immoralité, ils étaient passibles, si on les remettait à la justice canadienne, de prison et de travaux forcés. Après quelques années de détention, ils seraient embarqués sur un navire et réexpédiés vers l'Europe.

Mais le commandant du navire, pressé par son négoce, refusait de se plier à une démarche administrative qui pouvait maintenir son bâtiment à quai plusieurs jours. On débarqua donc discrètement Angelo et Celina. On obtint d'eux qu'ils se fondent sans esclandre dans l'anonymat de la foule portuaire, en échange de quoi ils évitaient d'être livrés aux autorités locales.

C'est ainsi que l'heureuse ville de New York, qui possédait déjà une fort jolie collection de truands, n'eut pas l'infortune d'en acquérir deux supplémentaires.

Angelo et Celina ne demeurèrent pas longtemps à Québec. L'atmosphère y était trop urbaine à leur gré et surtout trop enfiévrée par des préoccupations qui ne les concernaient pas. On y parlait encore de la rébellion du Bas-Canada, menée par les Patriotes de Louis-Joseph Papineau, et matée par les Anglais en 1840. On s'y inquiétait du sort des Canadiens français dont la langue n'allait être reconnue, sinon tolérée, que trois ans plus tard.

Angelo et Celina, pour tout dire, s'en souciaient comme d'une guigne. Ils ne parlaient que le dialecte italien de la Calabre et la seule autre langue qui les intéressât, dans l'immédiat, était celle des Algonquins, amis fidèles des Français et avec qui ils se mirent en « affaires ».

Celina, qui était aussi vive d'esprit que de corps, apprit la langue amérindienne en quelques semaines, tandis qu'Angelo se contenta de baragouiner le pidgin local, amalgame de français, d'anglais, de mohawk et d'algonquin. La langue des affaires, en quelque sorte.

2

Joseph Beauregard vivait à part. À part des humains en général, et de ses semblables en particulier.

Il n'avait rien fait pour mériter son isolement, si ce n'est qu'il faisait peur. Il était sec et noueux comme un tas de cailloux déposé sur une grève par la débâcle. Il avait la peau brune, tannée par gel et soleil, les cheveux luisants, bleus à force d'être noirs. L'éblouissance des hivers lui avait tellement plissé les yeux qu'ils s'étaient réduits à deux fentes profondes où scintillait parfois l'inquiétant éclair d'une prunelle.

C'est cette quasi-absence de regard qui troublait le plus dans son apparence. On ignore par quelle dérision le missionnaire qui le baptisa, lui donnant son nom chrétien, décida de l'appeler Beauregard. Sans doute voulut-il conjurer le sort.

Joseph était fiévreux dans le geste, toujours en mouvement, aussi vif qu'une belette. Précis, aussi. Il ne bougeait que si son action était assurée de porter. Quand il traquait une mouche, il savait attendre, dans une patiente tension de tout son corps, que sa proie soit parfaitement à sa merci. Il ne la manquait jamais.

C'est de cette même manière qu'il chassait, trappait, pêchait et apprêtait ses peaux. C'est ainsi qu'il commerçait, aussi. Il lâchait les mots qui devaient être dits, sans salut ni conversation. Quand la transaction était faite, il prenait son dû et tournait les talons.

Les employés du poste de traite le connaissaient un peu, même s'il y venait très rarement.

Sa haute silhouette obstruait la porte quelques secondes, le temps de s'accoutumer à la pénombre. Il était vêtu de peau de chevreuil. Il empestait la fumée et la graisse d'ours dont il s'enduisait pour se préserver des mouches noires. Ses cheveux étaient tressés en deux nattes huilées, retenues par un bandeau cousu de perles. Il s'avançait vers le comptoir, y jetait les fourrures qu'il désirait vendre et annonçait ce qu'il voulait acquérir. Il grondait simplement de sa voix rauque : « sel » ou « poudre noire » ou encore « whisky ».

Si Joseph n'était pas satisfait, il reprenait ses peaux. S'il l'était, il ramassait le produit de son troc et s'en allait en hâte, sans un mot, comme si l'air ambiant lui brûlait les poumons.

Ce jour-là, il voulait des balles de fusil. Le tenancier offrit une certaine quantité du produit réclamé.

Joseph était perplexe. La quantité offerte était insuffisante, certes, mais il en avait un urgent besoin. Il retira cinq peaux de rats musqués et attendit.

Le commerçant feignit d'abord de l'ignorer, mais il savait déjà qu'il n'aurait pas Joseph à l'usure. Ce diable-là était patient comme une stèle funéraire. Il rajouta une poignée de projectiles. Joseph les prit, remit les cinq peaux sur le comptoir et disparut comme il était venu.

Il n'avait prononcé qu'un mot : « balles ».

Les habitués du poste de traite appelaient les Autochtones par leur nom coutumier, n'ayant cure de la loi qui leur imposait des noms de baptême français. Mais nul n'avait jamais ouï le nom de Joseph. Rétif à toute forme de conversation, alors que ses semblables s'attardaient volontiers pour colporter des ragots, le trappeur ne répondait pas aux questions indiscrètes. Pour lui, d'ailleurs, toute question était indiscrète.

De guerre lasse, on l'avait surnommé La Belette, sans savoir que ce petit carnassier opiniâtre, affairé, toujours sur le qui-vive, était en effet l'animal totémique de Joseph.

La Belette, deux jours plus tard, rejoignit sa cabane, sorte de compromis entre un wigwam indien et un campe de bûcherons. Des visiteurs l'attendaient. Le trappeur ne manifesta aucune surprise. La vie était rude, dans le bois, et une cabane inoccupée était toujours à la disposition du passant. Il entra chez lui sans saluer les intrus, déposa à terre son maigre baluchon, attendit que les autres fassent connaître leurs intentions.

Celina fit le premier pas.

— Nous venons du village. Ils ont dit que ta maison était spacieuse. On ne chassera pas sur ton territoire.

La coutume était respectée. Les étrangers avaient dit les mots qu'il fallait. Comme en outre ils étaient aussi sombres et secs que lui, cela favorisa un certain rapprochement. Ils pouvaient rester. La Belette n'émit aucun commentaire et alluma le poêle.

Cet objet était toute sa richesse. Il était fait de bouts de tôle martelés ensemble avec le talon de la hache. La tôle était rare. Il avait fallu beaucoup de fourrures pour s'en procurer.

La Belette mit de l'eau à chauffer dans une casserole qui semblait aussi artisanale que le poêle et y jeta quelques lanières de viande séchée. Il y ajouta une pincée de gros sel et quelques racines, tiges et feuilles, qu'il choisit soigneusement dans sa réserve suspendue au plafond. Puis il remit à Angelo et à Celina deux bols en bois, et leur désigna du doigt la place où ils pouvaient s'asseoir.

À terre, comme de raison.

C'est dans la tanière de La Belette qu'Angelo et Celina passèrent leur premier hiver. Le Calabrais se chargea du commerce. Plus âpre au gain que son hôte, il tirait un meilleur prix des fourrures. L'Amérindien put ainsi se consacrer uniquement à sa vie de trappeur et s'en trouva fort satisfait. Répugnant à voyager hors du bois, il s'accommoda assez bien de sa première expérience de vie communautaire.

Au printemps, Celina ressentit les douleurs annonciatrices. Elle accueillit l'enfantement comme une corvée incontournable et, pendant des heures, sacra et blasphéma. Une sage-femme, sortie on ne sait d'où, l'assista et devint la cible de toutes les insultes de son répertoire. Elle mit au monde son enfant, fruit de ses amours maritimes, dans un dernier cri de colère.

Une fille.

Ma future arrière-grand-mère.

Elle reçut le nom de Poliandra.

3

La fluette sage-femme, toute fripée, couverte de colliers, de perles et de bracelets, déposa le petit corps gluant sur le ventre de sa mère et sectionna le cordon d'un coup de dents. Puis elle le saisit et l'emmena au ruisseau. L'eau était encore glacée en ce début de printemps. Elle y plongea le bébé et le frictionna vigoureusement. La petite hurla son indignation.

La vieille sourit : l'enfant s'affirmait robuste. Elle supporterait sa première épreuve, celle du froid. Beaucoup de nouveau-nés y succombaient, mais la loi du Grand Esprit était ainsi faite. On n'avait que faire des faibles.

La sage-femme revint à la cabane et enveloppa la petite dans une peau de chevreuil douce et chaude. Elle ressortit la confier à La Belette et retourna à sa patiente. Elle lui ouvrit la bouche et lui plongea une de ses tresses au fond du gosier. La nausée provoqua un spasme du ventre qui aiderait le placenta à sortir.

Le lendemain, Poliandra tétait avec avidité. Celina, se trouvant dans une situation qu'elle ne pouvait contrôler, consentit à prêter son sein à cette petite chose qu'elle n'avait pas voulue et que son corps avait expulsée comme un vulgaire déchet organique. Elle avait accouché sans décolérer, comme on s'acquitte d'une repoussante corvée. À présent, elle ressentait un certain besoin de sécurité en attendant de pouvoir reprendre sa destinée en mains. Elle accepta donc d'accomplir les gestes de la maternité qu'on attendait d'elle.

La sage-femme replaça ses amulettes et autres accessoires dans son sac-médecine et se lança dans un long discours à voix basse, adressé à La Belette. Entre les parenthèses des nattes blanches, son visage était souriant, empreint d'une apaisante bonté. À plusieurs reprises, elle posa sa menotte ridée sur le bras de La Belette. Quelques fois, il acquiesça d'un hochement de tête. Il montra même l'éclair fugitif d'une dent brièvement découverte. Était-ce l'ébauche d'un sourire ? Puis la vieille s'en fut, trottinant à pas de souris, et se fondit dans la végétation, sans un regard pour Angelo qui depuis deux jours couchait dehors.

Il n'avait pas à se mêler des affaires des femmes.

La Belette entra et s'approcha de Celina. Angelo était resté dehors, ficelant un paquet de peaux qu'il se proposait d'aller vendre. Il ne s'enquit pas de la santé de sa sœur.

Dans son pays, les hommes se tenaient loin des parturientes. L'accouchement, cela portait malheur. Il n'avait pas vu la jeune mère depuis le commencement du travail et serait absent quatre jours. Pendant ce temps, les miasmes de l'enfantement auraient le temps de s'évanouir avec la fumée du poêle.

La Belette se pencha sur Celina, occupée à allaiter. Chose surprenante, il parla. Son propos fut exceptionnellement long. Rauque, intense, saccadé comme toute sa personne. Pour une fois, ses yeux s'ouvrirent assez pour laisser entrevoir le brasier noir qui les consumait.

— La petite est forte. Elle vivra. La mère aussi est forte. Elle aura d'autres enfants. La chamane a dit que je suis le père.

— Ce n'est pas vrai. Son père, c'est l'équipage du bateau.

— C'est la chamane qui décide. Je protège l'enfant et je lui donne un nom. Et toi, tu es ma femme.

— Et si je refuse ?

— Alors tu pars. Et tu es maudite. Et l'enfant aussi.

— Je suis bien ici. Je veux rester.

— Alors tu es ma femme et je donne le nom.

— Elle en a déjà un : Poliandra.

— Poanda.

— Non, Poliandra !

— Oui, c'est ça : Poanda.

— Si tu veux, accepta-t-elle avec lassitude. Après tout, ça m'est bien égal.

Une chose étrange se produisit alors. La face recuite de La Belette se fendit, cette fois, d'un large sourire.

Celina put voir luire ses longs crocs de fauve. Il prit la petite avec une douceur surprenante, l'emmena dehors, sous le crachin d'avril, la leva à bout de bras et cria

«Poanda» quatre fois en se tournant successivement vers les quatre Esprits qui régissent le monde.

Il revint, radieux, déposer Poanda sur le sein de sa mère.

— L'enfant est ma fille. Elle s'appelle Poanda Barruga !

— Pas Barruga, Beauregard !

— Oui, comme tu dis : Barruga.

La consonance du nom, déformée par la bouche de La Belette, rappelait à Celina celle des vocables de son pays. Va pour Barruga ! Sa fille serait désormais Poanda Barruga. Et elle Celina Barruga. Ça ou autre chose…

La Belette lui dit encore qu'elle devait veiller à ce que l'enfant ne manque de rien, sinon…

Et il y avait tant de menace muette, dans le regard en fente de l'Amérindien, que Celina ne chercha pas à le contrarier.

À la deuxième lune du printemps, La Belette assembla la loge de transpiration. Une sorte de tipi de faible dimension, fait de peaux d'orignaux tendues sur un faisceau de perches d'épinette. Au centre de l'édicule, un espace avait été nettoyé de ses herbes et cailloux pour recevoir les pierres.

Celles-ci étaient encore à l'extérieur, sous le petit bûcher qui les chaufferait.

— La chamane va arriver, dit La Belette.

— Comment peux-tu le savoir ? Tu ne l'as pas rencontrée depuis un mois. Et Angelo non plus.

— La Belette sait. On ne rencontre jamais la chamane. La chamane vient quand sa venue est nécessaire.

Comme par enchantement, la vieille apparut, tout sourire.

La vie était simple avec La Belette. Il s'agissait de l'accepter sans chercher à comprendre.

Le trappeur alluma le feu, à proximité de la loge, et l'entretint durant une bonne heure. Pendant ce temps, la chamane préparait une infusion. Elle était en transe et marmonnait une mélopée monotone d'une voix qui n'était qu'un souffle sourd, presque un râle. Elle avait ouvert son sac-médecine devant elle pour en extraire poudres, herbes, amulettes, talismans…

Mus par un commun ressort, l'homme et la femme se levèrent. Il écarta les braises avec un morceau de panache de caribou et débarrassa les pierres plates de leur cendre avec un balai de brindilles. Sans les laisser refroidir, il ramassa les roches une à une. Elles étaient brûlantes et le bois de cervidé commença à grésiller, dégageant une forte odeur de corne.

Il assembla un dallage au milieu de la loge, tandis que la femme invitait Celina à y pénétrer nue.

Elle obéit sans poser de question.

Chez La Belette, on ne répondait pas aux questions. Et de toute manière, Celina s'en moquait. Elle ne se prêtait à ce rituel farfelu que pour éviter une fastidieuse discussion.

La chamane déposa quelques feuilles séchées sur les dalles chaudes et une abondante fumée s'en dégagea. Les herbes étaient douces et leur parfum, apaisant. Celina toussa un peu. Elle comprit au sourire de la femme que cette toux était voulue. Sans doute la vieille croyait-elle que la fumée chasserait les mauvais esprits qui habitaient sa patiente.

Elle n'en avait cure.

Catholique par tradition, elle était sensible aux mots et gestes de la dévotion, mais respectait plus le diable que les anges.

La magicienne puisa de la tisane dans sa casserole au moyen d'une corne de bœuf musqué façonnée en forme de louche. Elle versa une petite quantité de liquide sur le dallage. Une lourde vapeur envahit la loge aussitôt refermée.

Pendant une heure ou deux, La Belette continua à chauffer des roches et la vieille à les arroser. Son chant magique changeait parfois de ton, accélérait ou ralentissait, mais n'arrêtait jamais.

Celina respirait à présent sans difficulté, d'un souffle ample et profond. L'engourdissement la gagna. Une curieuse torpeur, étrangement mystique. Elle ne voyait plus les choses qui l'entouraient. Elle était ces choses. Bientôt sa voix se joignit à celle de la prêtresse en une double mélodie sauvage et sensuelle.

Bien plus tard, la vieille, ayant utilisé toute sa préparation, ouvrit la loge d'un geste brusque, prit Celina par la main et la précipita, toute fumante, dans le ruisseau. Après l'avoir lavée des pieds à la tête, elle la sécha, la frictionna et lui ordonna d'aller s'habiller. Les hommes avaient assisté à la scène à distance respectueuse. Ils restèrent dehors tandis que les deux femmes s'enfermaient dans la cabane.

— Va-t-on pouvoir rentrer, à présent ? demanda Angelo. Ça fait un mois qu'on couche sous la tente.

— Moi oui, toi non, martela le trappeur.

— J'en ai assez de geler dehors.

— C'est comme ça, après une naissance. Et maintenant Celina est ma femme. Moi seul peux partager la maison avec elle. Tu construiras la tienne sur mon territoire. Je t'aiderai. Tu prendras des fourrures pour acheter la tôle du poêle.

La Belette, de sa vie, n'avait jamais autant parlé que depuis la naissance de Poanda. Il ne s'agissait pourtant pas d'un réel dialogue. Son propos abrupt n'invitait à aucune discussion.

La vie était comme il le disait, pas autrement.

À prendre ou à laisser…

Épuisée, Celina s'allongea sur sa couche et, n'ayant rien de mieux à faire, donna le sein à Poanda. La petite était affamée mais, contrairement à son habitude, n'avait pas lâché un cri pendant la cérémonie qui l'avait privée de sa mère.

— Les enfants comprennent, quand on fait le rituel, expliqua la vieille.

— À quoi sert tout ce charabia ?

— Tu es maintenant purifiée, répondit la vieille sans relever l'insolence. Ce soir, je t'unirai à La Belette. L'autre homme devra partir.

— C'est mon frère.

— Ce n'est pas ton mari.

Celina accepta. Après tout, elle perdait un protecteur autoritaire pour en gagner un autre, moins brutal : tant mieux. Il lui avait fallu pour cela avoir un enfant : tant pis.

Sur cette sommaire évaluation allait reposer son équilibre conjugal.

La vieille s'assit en tailleur à côté de Celina.

— Bientôt je commencerai à t'enseigner, petite. Tu sauras le langage de l'Univers et tu auras le pouvoir que ma mère m'a donné.

— Tu ressembles à La Belette, l'interrompit Celina que ce discours n'intéressait nullement.

— Je suis sa mère. Depuis qu'il y a des humains, les femmes de notre famille se transmettent la connaissance. Mes filles sont mortes. La femme de mon fils héritera donc du pouvoir des chamanes. À partir de demain, tu aideras mon fils. Pendant qu'il chassera, tu t'occuperas des pièges. Tu prépareras les peaux. L'autre homme habitera plus loin. Il pourra continuer à vendre les fourrures, mais ne devra plus dormir dans la même maison que toi. Sauf si mon fils meurt.

Cette dernière précision alluma une lueur malsaine dans le regard torve de Celina.

4

Celina coupa une baguette de saule, l'effeuilla et s'approcha du piège dans lequel un rat musqué s'était pris une patte. Un de ces grands pieds semi-palmés que l'animal peut déployer en forme de pagaie pour s'assurer une nage rapide ou replier pour faciliter sa course sur la terre ferme.

Le rongeur ne bougea pas. Il s'était débattu toute la nuit pour se libérer. S'il avait été pris par un membre antérieur, il l'aurait coupé sans hésiter. Mais on ne se sépare pas d'une patte de derrière, sinon on ne peut plus nager. C'est la fin d'un rat musqué.

Il fallait se résigner. Attendre la mort que le trappeur offre en cadeau d'adieu, d'un coup de bâton sur l'échine.

Celina tua sa proie et l'écorcha toute chaude. Elle enfouit la fourrure dans son sac puis éventra le cadavre rose et nu afin qu'il répande son odeur. Elle avait déjà deux lièvres. On mangerait frais aujourd'hui.

Le rat musqué est comestible aussi, mais on ne peut le débarrasser de sa rude saveur de fauve.

La Belette raffolait de ce goût, mais Celina en avait décidé autrement. C'est elle qui rapportait la nourriture au foyer ; c'est donc elle qui choisissait le menu. Elle dirait à La Belette que le rat musqué avait la maladie. Ce mal, dont elle ignorait le nom, était une espèce de grippe parfois mortelle. On la décelait en observant le foie de l'animal. S'il était maculé de taches blanches, il fallait le jeter ou, mieux, le faire bouillir longuement afin de tuer les microbes.

Celina ne prit pas tant de précautions.

Elle savait que La Belette examinerait les lièvres. Pour le rat musqué, elle avait d'autres projets. En l'abandonnant sur place, elle appâtait la renarde qui rôdait alentour. Une mère qui nourrissait sa portée et avait besoin de beaucoup de gibier.

— J'aurai ta jolie peau, renarde, murmura-t-elle. Ton dernier rat musqué, je te le servirai dans un piège.

Elle retira toutes ses trappes. Le site était épuisé et les fourrures, de piètre qualité. Trop petites et peu fournies. Des jeunes de l'année. Tous les adultes avaient été pris.

Les lièvres aussi se faisaient rares.

Il fallait aller plus loin.

Elle n'avait jamais dépassé cet escarpement rocheux qui lui bouchait la vue et qui avait été, jusqu'ici, la frontière de son territoire.

Depuis que Poanda avait cinq ans, Celina avait décidé que l'enfant n'avait plus besoin de la suivre partout.

Bon débarras.

Elle s'en était libérée en la laissant à la cabane. Elle avait ainsi les coudées franches et pouvait aborder des terrains difficiles.

Elle tourna encore les yeux vers l'éminence rocheuse. Pour elle, penser à un acte, c'était déjà l'accomplir. Elle eut tôt fait de gravir la colline.

Le paysage, de l'autre côté, n'offrait rien de nouveau. Mais il y avait des massettes.

Les vieilles quenouilles de l'an dernier étaient encore là, indiquant la présence d'une zone marécageuse. En y regardant bien, on distinguait les buttes rondes des cabanes. Elles étaient nombreuses. Les rats musqués pullulaient ici.

Bonne affaire! La saison n'était pas finie.

On ne trappe jamais le rat musqué dans les canaux qui sortent de sa hutte, sinon on décime inutilement toute la population. Il faut tendre les pièges plus loin, là où ne s'aventurent ni les jeunes ni les mères qui allaitent. On prend ainsi de beaux animaux tout en préservant leur relève. C'est plus difficile, par contre, car les adultes sont méfiants. Celina bravait ces interdits nés de la cohabitation des Autochtones avec les êtres de la forêt. Elle préférait tuer rapidement le plus possible de proies.

Elle aimait tuer.

C'était son seul pouvoir.

Pour le moment, en attendant mieux.

Elle s'approcha d'un premier nid et en rendit mortelles toutes les issues. Quel que soit le chemin qu'ils emprunteraient, les six premiers rats musqués qui sortiraient de leur refuge seraient à elle.

Angelo acheva de ficeler son paquetage, sans un mot pour Poanda qui l'observait. Il n'avait jamais parlé à sa nièce. La petite ne l'intéressait pas. Il ajusta son fardeau sur son dos et se dirigea vers le wigwam de La Belette. Lequel était assis devant sa porte, plongé dans ses pensées.

— Adieu, La Belette. Merci pour l'hospitalité. Je m'en vais.

— Le Grand Esprit te guide.

— Dis à ma sœur que je vais à New Penzance. Il y a du travail là-bas sur les terres. Je suis fermier, je n'aime pas la forêt.

— La forêt est plus généreuse que la terre des Blancs qu'ils tuent en la dépouillant.

— Le gouvernement du Bas-Canada donne des terres à ceux qui veulent s'installer.

— La terre n'appartient pas aux hommes. Les hommes appartiennent à la terre.

— Je serai propriétaire, La Belette, comprends-tu ? Je serai maître chez moi !

— Je suis maître chez moi.

— Le premier ours affamé aura ta carcasse.

— Les ours aussi doivent vivre.

Inutile d'en dire davantage. Angelo se mit en chemin sans un regard derrière lui. Il emportait un ballot de fourrures que La Belette lui avait laissé en cadeau d'adieu. Il les échangerait au poste de traite contre les denrées nécessaires à son voyage.

Celina rentra de sa randonnée matinale et jeta les lièvres aux pieds de La Belette. Elle lui donna aussi la peau de rat musqué qu'elle venait de récolter. Il l'examina avant de la tendre, retournée, sur un cadre de peuplier souple.

— Trop petite pour la traite. On la gardera pour nous. Il ne faut pas trapper trop près des cabanes.

— C'est plus facile.

— C'est interdit.

— Par qui ?

— C'est interdit. Ceux qui ne respectent pas ces choses doivent mourir.

— Alors je suis déjà morte !

— Alors tu es déjà morte.

Celina venait d'être déclarée morte par son mari. Cela ne l'effrayait guère. Avait-elle jamais été vraiment vivante, dans le fond ? Pouvait-on appeler « vivre » le sort qui lui avait été donné ?

Quant à La Belette, cette déclaration faite, rien n'était venu modifier son attitude. Pour lui, la mort était quotidienne. Il vivait de celle de ses proies et un jour, la sienne ferait vivre plus fort que lui. Ce n'était pas plus inquiétant que la chute des feuilles à l'automne ou le retour de la pleine lune.

5

Celina avait maintenant vingt ans. Sa fille Poanda, sept.

La petite l'accompagnait dans toutes ses expéditions. Chamane l'avait exigé. Celina avait accepté parce que Poanda était à présent assez grande pour porter tous les fardeaux. Cela tombait bien, d'ailleurs, puisque aujourd'hui il fallait aller plus loin. De l'autre côté des collines, là où elle se rendait chaque fois qu'elle avait épuisé le terrain de trappage environnant la cabane de La Belette.

Le paysage avait bien changé depuis la dernière fois. Bien sûr, il y avait toujours le marécage et les huttes de rats musqués dont on devinait les bosses sous la neige de décembre. Le reste avait pris une allure nouvelle. Les pistes des chevreuils, des renards ou des lièvres étaient harmonieusement dessinées, comme si chacun savait où il devait aller. Comme si chacun s'efforçait de ne pas déranger les autres.

Celina sourit méchamment. Elle allait s'empresser de semer ici un désordre de bon aloi.

Elle fut surprise par une vapeur qui stagnait au milieu d'une clairière. Elle s'en approcha.

L'odeur était légèrement sulfureuse. Cela sentait aussi les champignons, la mousse, l'humus. Elle découvrit d'où provenait le phénomène.

Une fontaine.

Pas une simple source comme il y en avait partout.

Non.

Une grande vasque oblongue, haute de trois pieds, faite de pierres entassées de main d'homme, et soigneusement entretenue. Son eau tiède pétillait et s'écoulait par une rigole ménagée entre deux galets, ruisselait le long de la paroi extérieure, et alimentait une petite mare avant d'aller rejoindre le marécage en un mince ruisseau.

Aucun gel, aucune neige autour de la fontaine. Les traces des animaux étaient imprimées dans la terre molle.

— Tu peux la boire, elle est bonne.

Celina se retourna et aperçut, assise sur un tronc, la chamane qui, naguère, lui avait servi de sage-femme.

— Je ne t'avais pas entendue venir.

— J'étais là avant ton arrivée.

— Je ne t'ai pas remarquée.

— On ne me voit que quand je le désire. Tu peux boire l'eau de la fontaine. Elle a un goût très agréable.

Pendant cet échange, Poanda examinait la vieille femme avec curiosité. Elle ne s'en souvenait pas. Elle était trop jeune quand sa mère avait été purifiée dans la loge de transpiration. Depuis que Celina l'emmenait avec elle, elles n'avaient pas encore rencontré la magicienne. Pourtant le regard de la fillette s'éclaira.

— Je te connais. Tu étais dans mon rêve.

— Oui, petite, je me rappelle. Tu rêvais que tu volais et je t'encourageais à aller plus haut et plus vite.

Poanda s'approcha sans crainte et glissa sa menotte dans la main de l'Amérindienne.

Ce geste affectueux, qu'elle n'aurait pas eu envers sa mère, venait du plus profond d'elle-même, sans que personne le lui ait appris. Celina toisa la scène avec une surprise mêlée de mépris. La vieille accueillit Poanda avec un sourire maternel comme la petite n'en avait jamais vu. Son instinct lui fit accepter sans hésitation cette marque de tendresse. Elle en ressentit une chaleur dans tout son être. À partir de cet instant, elle se sentit différente de sa mère.

— Tu ne m'as pas dit ton nom. Comment t'appelles-tu? questionna Poanda.

— Je n'ai plus de nom. On m'appelle Chamane, à présent.

— Pourquoi Chamane?

— Parce que je ne suis plus rien d'autre depuis que ma mère m'a donné le pouvoir. Toi aussi, un jour, tu auras ce pouvoir.

— Je pourrai voler?

— Voler, oui, d'une certaine manière. Et tu pourras parler avec les animaux. Et tu connaîtras tout ce qu'il faut connaître.

Celina avait écouté ce dialogue avec un intérêt croissant. Elle n'avait jamais pris au sérieux les vaticinations de Chamane, mais le pouvoir la fascinait au plus haut point.

— Apprendrai-je aussi ? demanda-t-elle.

— Oui, Celina, si tu le mérites.

— Que dois-je faire pour le mériter ?

— Pour commencer, ne pas poser de pièges sur le territoire de la fontaine. Ce lieu est sacré. Tu ne l'as découvert que parce que je l'ai voulu.

— Ailleurs, il n'y a plus de gibier.

— Demain il y en aura. J'y veillerai.

— Ah oui ? Tu feras une battue toute seule, je suppose ?

— Non. J'inviterai les animaux.

— Et ils viendront gentiment se faire tuer ?

— Le gibier et le trappeur doivent se rencontrer pour que la vie s'accomplisse. Aie confiance, demain il y aura du gibier.

— C'est aujourd'hui que je trappe. Je poserai les pièges ici.

— Tu ne retrouveras jamais l'endroit. Pose les pièges si tu veux, mais tu risques de les perdre pour rien.

Celina n'écoutait plus la vieille. Elle plaça six fers à mâchoires, de ceux qu'on vendait au poste de traite. Bien plus efficaces que les nasses traditionnelles, cachées sous l'eau et que les rats musqués avaient souvent le temps de ronger avant de se noyer.

Très onéreux, aussi, les pièges à mâchoires. Il fallait plusieurs peaux de martres pour en acquérir un seul. Celina était certaine que Chamane les respecterait. D'ailleurs ils appartenaient à La Belette et elle ne ferait rien qui pût nuire à son fils.

Quand la jeune femme eut terminé sa besogne, elle chercha la vieille du regard. Mais seule Poanda était assise sur le tronc.

— Où est passée la femme ?

— Elle n'est plus là.

— Je le vois bien, mais quand est-elle partie ?

— Elle n'est pas partie. Elle a seulement disparu.

Celina attachait peu d'importance aux propos de sa fille. Poanda était fantasque comme on peut l'être à son âge. Elle confondait rêve et réalité.

Celina décida donc de rentrer sans davantage se soucier de la vieille.

Poanda lui emboîta le pas, comme toujours, avec un certain sentiment de soulagement. Elle se pliait avec résignation à la corvée du trappage, au cours de laquelle Celina lui abandonnait toutes les tâches peu agréables, comme de porter les fardeaux ou écorcher les animaux. À la cabane, par contre, il y avait son père. La Belette lui parlait peu, la touchait rarement. Mais il pouvait passer des heures à la regarder jouer avec sur le visage une expression qu'il ne prenait qu'en présence de la petite. Un mélange de ravissement et de fierté.

Le lendemain, Celina et Poanda escaladèrent la colline qui cachait la fontaine. Parvenues au sommet, elles cherchèrent leur chemin. Il n'y avait ni brume, ni fontaine, ni marécage, ni pistes d'animaux.

Encore moins de pièges.

Rien que de la neige.

De la neige vierge où aucun être n'avait laissé sa trace.

Plus furieuse qu'intriguée, Celina rebroussa chemin et retourna sur son précédent territoire de trappage. Elle se contenterait de relever les collets qu'elle y avait installés la veille. À tout hasard.

Un lièvre s'était laissé prendre, mais quelqu'un l'avait déjà trouvé. Un ours. Un gros baribal noir encore gras de ses boulimies de l'été passé. S'il était dehors en cette saison, c'est qu'il avait été dérangé dans son sommeil hivernal.

Quand on réveille l'ours en hiver, il ne peut plus se rendormir. Il devra chasser sa maigre pitance jusqu'aux beaux jours. Il aura faim. Et quand l'ours a faim, il devient irascible. Il se venge férocement sur tout ce qui bouge.

L'animal avait repéré Celina et sa fille. Il avait déjà calculé que ces deux proies-là étaient plus alléchantes que le lièvre.

Pas plus grasses, non. Mais elles étaient deux.

— Ne reste pas là !

— Chamane ! Tu me suivais ?

— Viens t'abriter derrière moi, vite !

Mère et fille obéirent tandis que le baribal, dressé sur ses pieds, évaluait l'adversaire.

Il allait attaquer.

Celina, en courant vers Chamane, avait eu le temps de remarquer que ses yeux, d'habitude plissés comme ceux de La Belette, étaient écarquillés. Le regard de la magicienne n'était pas noir comme celui des gens de son peuple.

Il était mauve.

Étincelant.

L'ours chargea, se dressa de nouveau devant l'Amérindienne, la toisa un instant. Chancela. Se mit à trembler. Redescendit sur ses quatre pattes, s'assit, versa sur le côté.

Demeura inerte.

— Tu l'as endormi, Chamane ? demanda la petite dont la curiosité l'avait déjà emporté sur la peur.

— Non. Je l'ai tué.

— Pourquoi tes yeux étaient-ils si étranges ?

— C'est le regard-qui-tue.

— Tu m'apprendras ?

— Oui, plus tard.

— Et moi, Chamane, tu me l'apprendras, le regard-qui-tue ?

— Qu'en ferais-tu ?

— Chasser.

— Le regard-qui-tue ne doit servir qu'à punir ou à se défendre. Sans haine et sans avidité. Il te faudra d'abord accepter cela. En attendant, tu devras continuer à trapper comme mon fils te l'a enseigné.

— Puisqu'on parle de trapper, où est la fontaine ? Où sont mes pièges, surtout ?

— Les pièges sont dans la maison de La Belette. Et la fontaine n'a pas bougé.

— Il n'y a plus de fontaine. Et si les pièges étaient dans la cabane, je les aurais vus !

— Pour voir les choses, il faut avoir les yeux qui conviennent.

— Je n'en ai que deux, toujours les mêmes.

— Tu te trompes. Hier, tu avais les yeux qui voient la fontaine. Pas aujourd'hui.

— Encore un de tes sortilèges, je suppose ?

— Non, je n'ai pas un tel pouvoir.

— Et si je te fichais une bonne dérouillée, pour t'apprendre à ne pas te moquer de moi ?

— Je ferais comme avec l'ours.

— Tu oserais me tuer ?

— Va chercher mon fils pour qu'il t'aide à dépecer l'animal.

6

Celina travaillait au bord du ruisseau, près de la hutte abandonnée par Angelo. Là où se trouvait la pierre à moudre. Cette grosse roche erratique, plate sur le dessus, présentait une vasque qui s'y était creusée à mesure que les générations d'humains y avaient moulu leur grain à l'aide des cailloux ronds offerts par la rivière.

Elle passait et repassait patiemment le galet sur la fine poudre qu'elle avait obtenue en écrasant les graines du datura.

Un poison violent.

Deux graines provoquent des troubles de perception.

Cinq peuvent être mortelles pour un enfant.

Dix foudroient un adulte.

Celina en avait moulu quinze.

Elle en rajouta encore deux, pour faire bonne mesure. L'homme devait mourir du premier coup.

Elle ramassa soigneusement le fruit de son labeur et l'enferma dans un cornet d'écorce de bouleau.

La Belette était malade. Il avait contracté ce mal redoutable apporté par les Français, et qu'ils appelaient «grippe». L'Amérindien, dépourvu de défense naturelle contre ce microbe nouveau, était prostré, brûlant de fièvre, incapable de se mettre debout. Il divaguait.

Tant mieux.

Il serait plus facile de lui faire avaler la potion.

Celina fit fondre du sucre d'érable dans de l'eau bouillante et y ajouta sa poudre. Elle jeta le cornet dans le feu. Ne pas laisser de trace. Elle arrosa son mélange d'une généreuse rasade de whisky.

La Belette ne résista pas au parfum de l'alcool. Aidé par sa femme qui lui soutenait la tête avec une sollicitude venimeuse, il avala la décoction jusqu'à la dernière goutte.

Après quelques minutes, La Belette se mit à trembler.

Au bout d'une demi-heure, il délirait et s'agitait, ruisselant de fièvre.

Deux heures plus tard, il était mort.

Celina Barruga avait commencé à prendre sa revanche sur le genre humain.

Sans un mot d'explication à Poanda, Celina vida la cabane de tout ce qui pouvait servir ou être échangé. La petite, qui venait de voir La Belette sombrer dans l'inertie, regardait avec cet air d'indifférence qu'ont parfois les enfants devant une réalité qui les dépasse. Celina répartit le bagage en deux ballots, puis, après un instant d'hésitation, mit le feu au wigwam. Ainsi, il ne resterait rien de celui qui avait eu l'audace de se prendre pour son époux. Poanda recula d'un bond lorsque le toit de la cabane s'effondra. Effrayée, elle n'émit pourtant aucun commentaire. Malgré son jeune âge, elle avait appris à ne pas réagir devant les cruautés de la vie.

Au poste de traite, Celina troqua une bonne partie de son chargement contre des denrées plus transportables.

Il fallut remonter le fleuve Saint-Laurent qui n'était pas complètement pris par les glaces entre Québec et Lévis et, plus loin, se joindre à des voyageurs qui connaissaient les endroits où l'on pouvait traverser en raquettes. À Sorel, Celina et sa fille empruntèrent le chemin des Patriotes qui suivait la rivière Richelieu. La fillette, terrassée par un destin que sa mère ne lui expliquait pas, portait ses bagages et suivait machinalement, les yeux baissés. Après le bassin qui baignait le fort de Chambly, les voyageuses infléchirent leur route vers cette région encore peu peuplée que les gens appelaient Eastern Townships.

Un mois plus tard, elles étaient à New Penzance.

Ce hameau, qui n'était pas encore un village, allait devenir le berceau de ma famille.

Il ne fut pas facile à Celina de retrouver Angelo. Au village, on ne parlait pas l'algonquin et les quelques mots de français de Celina n'étaient d'aucun secours. La région avait été peuplée par les Loyalistes de 1783, qui fuyaient la jeune indépendance des États-Unis.

On s'y exprimait donc en anglais.

Heureusement, il y avait, au sein des pionniers, quelques Italiens ayant accompagné ici les Irlandais, catholiques comme eux.

Parmi bien des O'Malley, bien des O'Neill, Celina finit par dénicher un certain Giuseppe Cassa, forgeron de son état. Il était du Nord, et ne parlait pas le même italien qu'elle. Par-dessus la barrière des dialectes, elle arriva pourtant à comprendre qu'un Italiano, originaire de Calabre, était établi à deux lieues du village, où il défrichait une terre dans le nouveau rang.

Les premiers arbres abattus avaient servi à construire le campe et les quelques meubles qui l'agrémentaient. Le tout était pauvre, mais étonnamment vaste pour Celina, habituée à l'exiguïté du wigwam de La Belette.

La maison, d'une seule pièce, mesurait dix pieds sur douze.

Un vrai palace !

Angelo, en homme du Sud, n'avait pas tenu compte du volume à chauffer et avait choisi de prendre ses aises. Il avait surtout cherché à se venger du sordide réduit qu'il avait partagé avec deux de ses frères dans la chaumière paternelle.

— Tu as fait tout ce voyage en plein hiver ? s'étonna le Calabrais.

— J'en avais assez de jouer aux trappeurs. Assez de la vieille chipie qui me faisait la leçon. Assez de cet imbécile de La Belette qui s'imaginait être mon maître. Et puis c'est moins pénible de marcher l'hiver que de trapper. Au moins on avance, au lieu de toujours tourner en rond. Et le froid ne me fait pas peur. Il me suffit de le mépriser pour qu'il cesse de me manger les pieds. S'il n'y avait pas eu Poanda pour me retarder, le voyage aurait presque été agréable.

— Ici aussi, on doit trapper pour vivre. La terre ne produira pas avant plusieurs années.

— Ça m'est égal. De toute façon, je ne sais rien faire d'autre. Je t'aiderai si tu ne me bats pas.

— Je ne te battrai pas si tu m'aides.

Ces deux dernières répliques résumaient bien l'amour fraternel qui unissait Angelo et sa sœur.

7

Celina avait vingt-cinq ans, sa fille douze. Poanda ressemblait à sa mère. Pas trop, heureusement. Elle était comme une Celina dont la sécheresse aurait laissé place à la grâce, la brusquerie à une douce vivacité.

Et elle ne louchait pas, elle.

Précoce, elle gérait la maison avec autant d'autorité que d'efficacité. Son oncle et sa mère, pour une fois, s'en trouvaient satisfaits. Cela permettait au premier de développer sa terre, à laquelle il consacrait toutes ses énergies ; à la seconde de chasser, de cultiver le jardin et d'aller vendre ses légumes au village. Au moins la petite ne mangeait pas pour rien.

Bien des choses avaient changé, depuis les premiers jours. La maison possédait maintenant une cuisine d'été avec un poêle de fonte, et Angelo achevait de creuser un puits de surface qui apporterait l'eau jusque dans l'habitation.

Il avait acquis une machine à coudre à pédale. Une belle, noire avec beaucoup de dorures. Comme celles que monsieur Isaac Merrit Singer venait d'inventer et dont la fabrication faisait vivre les fonderies de Saint-Jean-sur-Richelieu. À côté de la maison, l'écurie abritait un cheval et un boguet. Ce véhicule léger, prisé par les médecins et les gens pressés, était équipé d'une boîte fort utile pour transporter les produits de la terre.

Mon arrière-grand-mère Poanda était curieuse de nature et aimait apprendre. On l'envoya, un après-midi par semaine, chez la signora Franzetti, la couturière. Cette joyeuse commère, généreuse et excessive comme peut l'être une Italienne du Sud, parlait un dialecte proche du calabrais que la petite tenait de sa mère. En un mois, l'intelligente fillette avait appris suffisamment de couture pour satisfaire aux besoins de la famille. Elle s'était bien gardée de s'en vanter, car la couturière avait d'autres connaissances à lui offrir. Il faut dire aussi qu'un profond attachement avait uni, dès leur première rencontre, Maria Franzetti et Poanda. L'Italienne, quinquagénaire, veuve et sans enfants, déversait volontiers sur ceux des autres le trop-plein d'amour maternel qui bouillonnait en elle. Et Poanda, sevrée d'une tendresse qu'elle n'avait connue qu'en présence de Chamane, lui rendait bien son affection.

J'attache peut-être trop d'importance, dans mon récit, à cette chère Maria, mais j'éprouve pour elle une immense gratitude. C'est elle qui, après Chamane, a relevé le flambeau de l'amour dans ma famille. Sans ces femmes admirables – qui sait ? – peut-être ma lignée aurait-elle continué sur la détestable lancée de Celina.

Deux mois plus tard, Poanda savait lire, écrire et parler français.

Sa mère, indifférente à la couture dont elle laissait la corvée à sa fille, avait ordonné à Poanda de lui enseigner l'alphabet. Curieusement, elle l'avait appris avec avidité et un jour on l'avait vue revenir du village avec des crayons, des plumes et une provision de papier.

Elle avait d'abord écrit quelques mots, quelques lignes, puis, lorsqu'elle était seule, s'était mise à couvrir des feuilles de gribouillis qu'elle enfermait à mesure dans un coffret de fer dont elle gardait jalousement la clé. En sautoir, sous sa chemise, pendue à son cou par un lacet de cuir.

Angelo, qui possédait la méfiance des ignorants pour la lettre, surprit le manège de sa sœur.

— Tu écris, à présent ? Tu n'as rien de mieux à faire ? Déjà que ta fille gaspille son temps à lire des livres…

— Oui, j'écris.

— On peut savoir quoi ? Des poèmes, peut-être ?

— Mon testament.

— Tu as l'intention de mourir ? se moqua-t-il.

— Non.

— Alors à quoi sert un testament ? De toute manière, quelle fortune as-tu à léguer ?

— Aucune.

— Encore une de tes lubies ! Que ça ne t'empêche pas de faire ton travail.

Angelo accepta d'un haussement d'épaules la nouvelle folie de sa sœur et retourna à des tâches plus pratiques.

Poanda avait décidé de se confectionner un manteau de rat musqué. Le tissu coûtait cher et l'avarice de son oncle lui en interdisait la dépense. Mais il y avait les vieux pièges de La Belette, que sa mère avait pris soin de soustraire à l'incendie. On ne s'en servait guère ; Celina préférait la chasse qui rapportait plus et demandait moins d'efforts.

Poanda nettoya les pièges, les débarrassa de leur rouille et entreprit, quand son ouvrage le lui permettait, d'exploiter les populations de rats musqués qui peuplaient les fondrières de la terre familiale.

Angelo ne trouva rien à redire à la nouvelle activité de sa nièce qui lui avait offert une paire de mitaines de chevreuil doublées de fourrure. Le trappage était donc un travail économiquement utile.

La jeune fille se souvenait des principes de La Belette : ne jamais piéger le rat musqué aux sorties de sa cabane et ne jamais dépeupler un territoire. Ce souci d'harmonie l'amena à changer fréquemment de terrain. C'est ainsi qu'un jour elle se décida à franchir l'escarpement d'ardoise qui bornait le champ défriché par Angelo.

De l'autre côté du promontoire, les traces de gibier abondaient dans la neige bourbeuse du printemps. Il y avait de l'eau et des huttes de rats musqués. Et aussi, nimbée de brume, la fontaine.

— Bonjour, Poanda. Je suis heureuse de te revoir.

La trappeuse se retourna. Chamane était là, assise sur un tronc abattu, comme naguère. Mue par un instinct que la Franzetti avait épanoui en elle, Poanda alla embrasser sa vieille amie et se blottit contre elle.

— Bonjour, Chamane ! Moi aussi, je suis contente. Je savais que je te reverrais un jour. Tu es souvent venue dans mes rêves.

— Oui, je suis toujours restée près de toi. J'attendais que tu te mettes à trapper.

— C'est même toi qui m'as conseillé de me faire un manteau de fourrure.

— Et d'offrir une paire de mitaines à ton oncle.

— En effet, je me rappelle, à présent. Mais comment se fait-il que la fontaine soit là aussi ? Tu l'as transportée depuis le Nord ?

— Cela n'a pas été nécessaire. La fontaine est partout. Il suffit d'avoir les yeux qui la voient.

— Alors je les ai, moi, les yeux qu'il faut ?

— Oui, petite. Tu les as. Tu comprendras tout bientôt, quand je t'aurai enseigné ce que tu dois connaître.

— Le pouvoir ?

— Oui, le pouvoir. Je vois que tu n'as pas oublié mes propos de la dernière fois.

— Mais n'est-ce pas ma mère qui doit hériter du pouvoir ?

— Non, plus maintenant. Elle a coupé le fil qui la reliait à moi.

— Comment a-t-elle pu faire une chose pareille ?

— Elle a tué mon fils.

— Ah ! C'était donc ça, cette potion qu'elle a fait prendre à La Belette ? Elle a aussi brûlé la maison en disant qu'elle y avait été esclave. Je lui ai reproché que c'était la maison de mon père. Elle a répondu que La Belette n'était pas mon père. De qui suis-je la fille, alors ?

— Nul ne le sait. Mais ça n'a pas d'importance. Ton vrai père, c'est celui qui t'aime et te protège.

— Si les parents sont ceux qui aiment, alors Celina n'est pas ma mère.

— Elle t'a mis au monde et t'a allaitée.

— S'il n'y avait pas eu La Belette, je suis sûre qu'elle m'aurait abandonnée. Elle n'a accepté de m'élever que parce que La Belette le voulait et qu'elle avait besoin de lui pour survivre dans la forêt. Mais elle n'est pas ma mère. Je la refuse !

— Il est essentiel d'avoir une mère.

— J'en ai une, à présent : toi.

— Le désires-tu vraiment ?

— De toutes mes forces ! C'est toi que j'aime, pas Celina.

— Alors je suis ta mère.

— Merci, Chamane, mais qu'allons-nous faire de Celina ? Je ne l'aime pas et elle ne m'aime pas. Je préférerais vivre avec toi.

— Ne fais rien pour le moment. Il est encore trop tôt. Je te le dirai, quand le temps sera venu. En attendant, elle doit continuer à vivre comme elle le fait. Sa destinée n'est pas encore accomplie.

— Celle de La Belette non plus n'était pas accomplie.

— Si, Poanda. La Belette serait mort de sa maladie. Ta mère n'a fait que devancer la nature. Sinon je n'aurais pas permis qu'elle le tue.

— Dois-je lui dire que tu es revenue?

— Si tu veux.

— Elle risque de craindre ta vengeance.

— Elle ne pourra m'atteindre. D'ailleurs elle est déjà venue ici. Elle n'a rien trouvé, ni moi ni la fontaine.

8

1870. La guerre faisait rage en Europe. On contait que Paris était aux mains des Prussiens. Les Français, de plus en plus nombreux dans la région, en parlaient beaucoup. Ils ne partaient pas pour autant défendre une mère patrie qu'ils n'avaient jamais vue et qui avait jadis abandonné le pays aux Anglais.

L'Acte de l'Amérique du Nord britannique venait de créer le Québec. La Confédération annexait le Manitoba et projetait la construction d'un chemin de fer qui ouvrirait le pays jusqu'au Pacifique.

À New Penzance, on ne se déclarait plus Français, pas encore Québécois, mais déjà Canadiens. « Canayens », comme disaient les gens du cru.

Poanda était alors âgée de vingt-quatre ans. C'est elle, à présent, qui attelait le boguet pour aller vendre au village les produits de la ferme. Depuis quelque temps, son chemin croisait régulièrement celui de Jean-Baptiste Du Clos. Ce grand gaillard blond, son aîné de deux ans, élevait des vaches sur la terre voisine de celle d'Angelo, dont il achetait le foin et le maïs. Les deux hommes se parlaient peu – Angelo n'avait toujours pas appris le français – mais commerçaient régulièrement par gestes et monosyllabes. Quand Jean-Baptiste passait chez Angelo, le Calabrais faisait sortir les femmes, estimant que les affaires doivent se traiter entre hommes. Et quand Jean-Baptiste repartait, Angelo le suivait des yeux, le regard soupçonneux, jusqu'à ce que le jeune homme ait disparu au détour du chemin. Pourtant le visiteur parvenait toujours à envoyer un sourire discret auquel Poanda ne répondait que lorsqu'elle était sûre que son oncle ne remarquerait pas le manège.

Quand Poanda et Jean-Baptiste se croisaient au village, il en allait tout autrement. Ils se connaissaient de vue depuis qu'elle avait commencé à étudier avec Maria

Franzetti. Mais depuis peu, ils échangeaient quelques mots. De ces rencontres, qu'elle croyait fortuites, la jeune fille revenait ravie, ce qui ne laissait pas de l'étonner. Elle ignorait que Jean-Baptiste, qui parcourait chaque jour le hameau pour y livrer son lait de porte en porte, guettait sa venue et s'arrangeait pour se trouver sur son chemin. Peu à peu, Poanda s'était sentie gagnée par un sentiment étrange. Cela ressemblait à l'amour qui la liait à Chamane et à Maria Franzetti, mais avec en plus quelque chose d'indéfinissable. Quelque chose qui occupait toute la place en elle, la remplissait d'émoi et lui apportait un plaisir aussi physique que sentimental.

Ils prirent l'habitude de parcourir de conserve le chemin du retour. Ils prirent aussi celle de faire halte près du ruisseau, là où les saules et les érables de Giguère pouvaient cacher chevaux et chariots.

Depuis peu, Jean-Baptiste, lors de ses tractations avec Angelo, payait en espèces. Non utilisé jusqu'ici par les gens de la campagne qui préféraient le troc, l'argent avait commencé à circuler. Ce n'était pas l'État qui l'imprimait, mais les banques, aussi les monnaies étaient-elles fort diverses.

Toutes respectaient pourtant la même unité, le dollar, copié sur celui des États-Unis.

Angelo, rétif à toute forme de culture, avait étonné les siens en apprenant à lire les chiffres. Celina et Poanda avaient proposé de faire la comptabilité, mais en ce domaine, il ne faisait confiance qu'à lui-même.

Un jour, Jean-Baptiste était venu faire les comptes de la semaine. Les femmes s'étaient effacées. Angelo n'eût pas toléré leur présence.

Les deux fermiers s'attablèrent. Jean-Baptiste additionna le prix des denrées achetées d'Angelo, déduisit le prix du lait et celui d'un quartier de bœuf et tendit la feuille à son partenaire. Celui-ci éplucha les chiffres, fit la moue devant la maigreur de son profit, et du geste en demanda davantage. Jean-Baptiste, habitué aux sordides marchandages de son voisin, refit l'addition en tenant la feuille en oblique pour qu'Angelo puisse lire à mesure.

— Un dollar et demi pour le foin, plus soixante-quinze sous pour le blé d'Inde, ça fait deux piastres et quart. Moins six sous pour le lait, égalent deux et dix-neuf. Moins quarante-deux sous pour la viande, je te dois une et soixante-dix-sept.

Angelo fit non de la tête. Jean-Baptiste reprit la feuille et arrondit les chiffres.

— Cadeau : j'ajoute trois sous. Je donne une et quatre-vingts. Pas plus.

Cette fois, le Calabrais accepta en tendant la main. Il rafla l'argent comme s'il y avait mille billets sur la table et l'enfouit dans sa bourse de peau dont il serra et noua le cordon.

Voilà de l'argent qui ne quitterait pas de sitôt sa poche ! Il se leva pour mettre fin à l'entretien. Le jeune homme lui fit signe d'attendre. Désignant la porte, il prononça plusieurs fois le nom de Poanda.

La méfiance s'inscrivit sur le visage d'Angelo. Il n'admettait pas qu'on touche à ses femmes. Poanda vivait à ses frais, elle était donc son employée.

Sa propriété, pour tout dire.

Il hocha la tête vers le haut pour marquer son interrogation. Jean-Baptiste lui expliqua :

— Poanda, parler.

Allons bon ! Il voulait faire la conversation, à cette heure ! Ça ne rapportait rien, ce temps perdu. Mais le jeune homme était un client ; il fallait savoir faire des concessions. Angelo héla sa nièce qui, lui sembla-t-il, n'attendait que ce signal pour entrer.

— Explique à ton oncle ce que nous avons convenu, demanda Jean-Baptiste à Poanda, qui était restée debout comme il était de mise en présence des hommes.

Suivit un long échange en dialecte. Le ton était vif. On aurait presque dit qu'Angelo et sa nièce se chamaillaient. Mais Jean-Baptiste avait l'habitude de ces conciliabules épicés. C'était leur façon de parler, dans les vieux pays.

C'était pareil chaque fois qu'il engageait la jeune femme à servir d'interprète. Pour chacune des phrases qu'il lui donnait à traduire, ils en échangeaient dix sur le ton de la dispute. L'oncle fit plusieurs fois non de la tête. Cela ne signifiait pas qu'il refusait, mais qu'il voulait y mettre son prix.

C'était de bon augure.

On allait pouvoir plaider.

Le marchandage allait être dur, car l'enjeu en était de taille : Jean-Baptiste venait de demander la main de Poanda.

Le Calabrais ne connaissait que deux langues : celle de son terroir et celle de l'argent. Les deux, d'ailleurs, étaient toujours intimement mêlées, puisque ce rapace ne parlait que d'argent.

Grâce à sa nièce qui contournait les obstacles avec patience, un dialogue s'établit. Poanda souligna d'un clin d'œil à son ami le comique de la situation. Elle était devenue un produit à vendre, et c'est elle-même qui en négociait la mise en marché…

— Poanda est indispensable sur ma terre, expliqua le Calabrais. C'est elle qui se charge des livraisons.

— Elle pourra continuer à le faire, rétorqua Jean-Baptiste. Elle livrera mon lait au village et tes produits en même temps.

— Ça coûtera combien ? s'inquiétait Angelo qui n'aimait pas les mélanges d'intérêts.

— Rien du tout. Mon chariot est bien assez grand pour nous deux. Comme ça tu économiseras le tien.

— Je devrai engager une servante. Ma sœur n'est plus bonne à rien depuis qu'elle écrit des choses sur des papiers. Et je devrai quand même aller moi-même au village pour mes achats. Je vais perdre du temps.

— Combien veux-tu en compensation ?
— Dix piastres.
— C'est beaucoup. Je n'en ai que trois.
— Alors je veux une pension. Cinquante sous par mois jusqu'à ce que ça fasse douze piastres.
— Tu disais dix.
— Avec l'intérêt, ça fait douze.
— Vingt-cinq sous par mois jusqu'à huit piastres.
— Vingt-cinq sous jusqu'à dix.
— D'accord. Mais qu'en pensera la mère de Poanda ?
— C'est moi qui commande.
— Poanda est orpheline de père. Le curé exigera l'accord de sa mère.
— Je lui dirai d'être d'accord. Tu donnes vingt-cinq sous tout de suite et tu peux essayer Poanda.
— L'essayer ?
— Chez nous, on essaie d'abord, on épouse après, seulement si la fille est féconde.

Un regard suffit entre Jean-Baptiste et son amie : ils étaient d'accord. C'est donc avec sa fiancée que le jeune homme quitta les lieux. Tandis qu'ils engageaient le chariot sur le rang, une surprise attendait les tourtereaux. Celina était sur la route, les obligeant à s'arrêter.

— Je veux cinq piastres pour signer devant le curé.

— Trop cher : un dollar tout de suite, pas un sou de plus !

La somme était exorbitante, mais le fiancé avait prévu le coup. Il paya rubis sur l'ongle. Il avait accumulé douze dollars pour se marier. Son budget était bouclé avec un surplus de soixante-quinze sous.

Le projet allait bon train et il ne restait plus qu'à assurer le côté spirituel de la chose.

— Je suis un peu inquiet, confia Jean-Baptiste. Le marchandage avec ta famille a été difficile, mais à mon avis, le plus dur reste à faire.

— Tu crois vraiment ? s'étonna Poanda qui se voyait déjà filant le parfait amour.

— On voit bien que tu ne connais pas le curé La Casse ! Il traite les protestants de mécréants et proclame dans chacun de ses sermons qu'ils iront tous en enfer.

— Mais nous sommes catholiques !

— En principe oui, mais je te préviens : il vérifiera. Il ne laissera rien passer. En fait, je crains surtout qu'il n'examine d'un peu trop près la piété de ta mère.

— Eh bien, s'il n'est pas content, on se mariera chez les protestants ! Pour moi, c'est la même chose.

— Tu sais bien que c'est impossible. Les catholiques nous rejetteraient. Pire, on serait obligés d'apprendre l'anglais.

— J'ai bien appris le français…

— J'ai une meilleure idée, moi. Si le curé La Casse fait opposition à notre amour, on ne se mariera pas du tout !

— On vivra dans le péché ? se réjouit Poanda, séduite par le romantisme de cette perspective.

— Comme maintenant. Il paraît que c'est bien meilleur !

Monsieur le curé était loin de partager la joie des deux tourtereaux. Fortunat La Casse méritait bien son nom de famille, hérité, paraît-il, d'ancêtres aussi vigoureux qu'intransigeants. Et en plus du nom, Fortunat avait sans conteste hérité aussi leur tempérament bouillant. Ce gros homme sanguin prêchait d'une voix de stentor, écrasait ses pénitents sous les mortifications et assénait ses bénédictions comme un lutteur une paire de claques.

Mais cette redoutable nature en cachait une autre, infiniment plus agréable. La Casse était un brave homme. Sensible à l'amour qu'il voyait briller dans les yeux des jeunes gens qu'il unissait, premier à pleurer lorsqu'il enterrait un mort, il défendait la foi avec une telle verve que nul n'osait le contredire. Cela lui épargnait la corvée d'avoir à argumenter, de devoir se livrer à des raisonnements subtils dans lesquels il se perdait à tout coup.

Depuis des années, il évitait de penser à l'épineux dilemme auquel il aurait un jour à faire face : unir à un bon catholique la fille de l'impie Celina Buglio.

— Vous voulez vous marier, mes enfants ? C'est très bien, mais toi, petite, es-tu catholique ?

— Ma mère ne m'a pas fait donner les sacrements, mais elle est catholique.

— Je ne l'ai jamais vue à l'église.

— C'est que nous habitons loin…

— La raison est acceptable en temps normal, mais vous étiez quand même tenues de faire vos Pâques. Or le seul que j'ai parfois aperçu ici, c'est ton oncle. On ne l'a jamais vu prier ni faire l'aumône, mais au moins il peut être considéré comme chrétien. C'est lui qui signera le registre, puisqu'il est ton tuteur.

— Et ma mère…

— Surtout ne l'amène jamais ici, sinon il n'y aura pas de mariage du tout!

Fortunat La Casse n'avait pas prononcé ces mots sur le ton de la menace, mais dans un tressaillement de frayeur.

— Je ne comprends pas, s'étonna Poanda.

La voix de La Casse monta dans l'aigu et prit du volume.

— Tu ne connais donc pas la réputation de ta mère?

— Non.

— Elle se prétend sorcière et je la crois volontiers. Elle fait un signe démoniaque chaque fois qu'elle passe devant l'église, et elle jette des sorts. Elle a fait faner le jardin d'Ambroise Ménard et avorter la vache de Candide Lacaillade. Il y a cent ans, on l'aurait brûlée. Ou lapidée, comme dans la Bible, puisqu'elle se vante d'être adultère.

D'autres témoignages furent cités. Poanda comprenait maintenant pourquoi sa mère ne mettait plus le pied au village. On lui avait fermé toutes les portes, comme à une pestiférée. L'héritage de Celina Buglio allait être difficile à porter. Heureusement, l'amour donnait à la jeune fiancée la force de ne pas craindre pour son avenir. Elle ne se douta jamais que, des générations plus tard, on me lancerait encore des cailloux, à moi, Pied-de-Lièvre, à la mémoire de la Buglio.

9

Le mariage finit par s'arranger. Surtout parce qu'on avait vu Poanda tous les dimanches à la messe, en compagnie de son fiancé. La bonne réputation de la famille Du Clos avait facilité l'adoption de la jeune fille par la communauté catholique. Évidemment, il avait fallu cacher soigneusement que les amoureux pratiquaient le concubinage. Mais la terre de Jean-Baptiste était assez isolée pour être à l'abri des indiscrets.

Après avoir administré à la hâte les deux ou trois sacrements qui manquaient à la jeune fille, le curé La Casse avait épinglé les bans sur la porte de l'église.

Aucun danger de ce côté-là. Les seuls qui savaient lire, à New Penzance, étaient le curé, Poanda et madame Franzetti.

Quelques semaines plus tard, Poanda, folle de bonheur, put enfin épouser son Jean-Baptiste. La cérémonie se déroula dans la sacristie. Si toutefois on peut appeler ainsi l'appentis qui flanquait l'église. L'intérêt de ce lieu était qu'on pouvait à la rigueur y entasser l'officiant, les mariés et les témoins. Mais impossible d'y loger la plus petite foule.

Quand on se plie à une célébration douteuse, il convient d'être discret, s'était dit La Casse. Il avait prétexté que, la petite ayant perdu son père, il était de mise que le mariage se déroulât dans la plus stricte intimité.

Jean-Baptiste portait l'habit de noces de son père et Poanda une jolie robe vaporeuse, cadeau de Maria Franzetti, et qui avait l'avantage de cacher la rondeur précoce de son ventre.

Les témoins étaient, pour Jean-Baptiste, un de ses frères, et pour Poanda, un Angelo en habit de travail.

Un vêtement plus élégant aurait coûté trop cher.

Madame Franzetti dut attendre dehors le moment de lancer une poignée de seigle sur les jeunes mariés.

Le riz n'était pas encore apparu au village.

Brian O'Neill leur joua une marche nuptiale sur sa mélodieuse cornemuse à soufflet.

On a les grandes orgues qu'on peut.

Le tout dura vingt minutes, tambour battant, puis le curé flanqua la noce à la porte, pressé de se défaire de ses dorures sacerdotales.

Mon ancêtre Poanda était enfin libérée d'une mère qui la rejetait et d'un oncle qui estimait la posséder. Elle découvrait avec Jean-Baptiste une vie qu'elle savourait d'autant plus qu'elle n'en avait jamais soupçonné l'existence. Une vie de douceurs où l'on n'obtenait rien par la menace, tout par la gentillesse. Elle goûtait à l'amour, ce fameux amour dont Chamane et Maria Franzetti lui avaient touché quelques mots. Elle n'en fut pas déçue, puisqu'elle n'avait pas eu l'occasion d'en rêver, encore moins celle de l'idéaliser.

Un escarpement rocheux coiffé de vinaigriers barrait la terre d'Angelo. En y traquant le gibier, Celina avait remarqué des traces de prospection. On avait creusé quelques trous, près desquels on trouvait des petits cubes dorés de pyrite, et aussi quelques cristaux sans valeur. Il y avait même des fragments de géodes, que les chercheurs avaient brisées dans l'espoir d'y dénicher des pierres semi-précieuses. Celina s'était vite désintéressée de ces restes jusqu'à ce qu'elle découvre un certain cristal. Il ne reposait pas, comme tous les autres, parmi les déchets d'excavation. Au contraire, il luisait au soleil, posé bien en évidence sur une roche. Cette pierre exerça immédiatement une fascination étrange sur Celina. Elle était magnifique. D'une pureté parfaite. Régulière comme si un orfèvre de talent l'avait patiemment taillée. Elle possédait six faces et ses deux extrémités présentaient des hexaèdres admirablement façonnés par la nature.

Celina s'empara du cristal avec cette rapacité du geste qu'ont les avides quand ils croient mettre la main sur un trésor. Le quartz communiqua à sa main une sensation de tiédeur agréable. Comme s'il cherchait à l'encourager, à lui lancer un message. La Buglio comprit l'appel, s'assit, passa l'après-midi en contemplation. Elle n'était pas femme à s'émouvoir pour un caillou, si joli soit-il. Il fallait que ce cristal-là en ait, des choses à lui apprendre, pour qu'elle lui consacre la moitié de sa journée !

Jamais elle ne montra le quartz à qui que ce soit. Et jamais plus elle n'entreprit quoi que ce soit sans l'avoir longuement interrogé.

10

Poanda baignait dans la fontaine depuis le début du travail. L'eau était délicieusement tiède et animée d'une étrange effervescence. Autour d'elle, une légère brume déroulait ses écharpes fantomatiques. À la lueur du petit feu de Chamane, elles prenaient l'allure de longs doigts caressants.

C'était en décembre. Il gelait à pierre fendre. Mais le voisinage de la fontaine semblait détenir le pouvoir d'abolir le climat, le temps et même la souffrance. Les contractions de plus en plus rapprochées étaient douloureuses, certes, mais supportables.

— Vas-tu me faire accoucher dans l'eau, Chamane chérie ?

— Non, petite. Quand tu seras prête, je t'emmènerai dans ma cabane. C'est tout près d'ici.

— Je ne l'ai jamais vue.

— Et quand tu y auras accouché, tu la trouveras chaque fois que tu viendras avec ton fils.

— Mon fils ?

— Oui, tu vas avoir un garçon. Je l'ai su quand tes eaux se sont mélangées à celles de la fontaine. Les deux réagissent entre elles. La couleur est différente pour un garçon et pour une fille.

— Je n'y ai remarqué aucune couleur particulière.

— Tu n'as pas encore les yeux pour voir les couleurs cachées. Quand tu auras mis tous tes enfants au monde et que tu te consacreras entièrement aux choses sacrées, alors tu verras.

Une heure plus tard, le bébé avait fait son entrée dans le petit monde de Chamane. Tout s'était passé dans l'harmonie, sans cri, sans déchirement.

— Où as-tu lavé mon bébé, Chamane ? Dans l'eau froide, comme moi, quand je suis née ?

— Non, Poanda, l'épreuve du froid n'est pas nécessaire quand on a la fontaine à côté. Son eau a donné à ton enfant toute la force indispensable pour affronter la vie. Comment vas-tu appeler ton fils ?

— Jean-Baptiste, peut-être. C'est le prénom de son père.

— Il ne faut pas. Un nom doit se reposer une génération avant de resservir. Sinon il est fatigué et ne peut remplir son rôle protecteur. Donne-lui plutôt le nom de son grand-père.

— Joseph ?

— La Belette ne disait pas « Joseph ».

— Que disait-il ?

— Cela ressemblait à Josaphat. Ou Josah. Ce sont des noms chrétiens : les tiens accepteront.

— J'aime assez Josah. J'espère que ça plaira à Jean-Baptiste.

— C'est important qu'il l'accepte. C'est le père qui doit donner le nom à l'enfant. Comme La Belette l'a fait pour toi.

Celina avait trente-sept ans. Le fait d'être grand-mère lui était totalement indifférent. Tout au plus éprouvait-elle un vague dépit devant le bonheur de sa fille. Pourtant elle semblait sous le coup d'un vigoureux regain d'énergie. Elle était fiévreuse, son regard brûlait d'un inquiétant feu intérieur. Depuis qu'elle avait vu Chamane tuer un ours, elle n'avait qu'une idée en tête : découvrir le secret du regard-qui-tue. À force de s'y exercer, elle avait acquis une manière de dévisager ses contradicteurs qui leur faisait peur au point que tous baissaient les yeux devant elle. Il émanait de la Buglio une telle aura de démence satanique que bêtes et gens la fuyaient. Un regard assassin n'est jamais agréable à recevoir. Lancé par des yeux qui louchent, il devient insoutenable.

Au grand soulagement d'Angelo, sa sœur avait quitté la cabane, après l'avoir rendue invivable, pour aller s'installer dans l'écurie. Elle y possédait un banc, une table et une paillasse. Et aussi le coffret qui renfermait ses mystérieux écrits.

Le vieux hongre de la ferme n'avait pas tardé à subir l'envoûtement de la sorcière. Il avait commencé par ne plus obéir à son maître. Puis il était devenu fou et avait cessé de s'alimenter. Il était mort au début de l'hiver, secoué de convulsions.

Angelo savait que sa sœur avait ensorcelé le cheval, mais il n'avait pas osé poser de question. Il s'était contenté de construire une nouvelle écurie et d'acquérir un nouveau cheval.

Depuis, Celina ne mettait pratiquement plus le nez hors de son antre. Régulièrement, elle sortait ses textes du coffret, les remaniait, en brûlait une partie, relisait le reste, le rangeait de nouveau. Parfois, elle y ajoutait un feuillet, le contemplait longuement, éclatait d'un rire diabolique, puis, sans transition aucune, sombrait dans une prostration qui pouvait durer plusieurs heures.

Angelo, de plus en plus angoissé par les manigances de sa sœur, s'en ouvrit au curé, avec madame Franzetti comme interprète.

— Pensez-vous que ma sœur soit folle ? Je pourrais la faire enfermer.

— Qui voudrait s'en rendre responsable ? s'écria Fortunat La Casse, terrifié. Non, le mieux est qu'elle reste dans son écurie au lieu de venir ici contaminer mes ouailles. Car je ne crois pas que ta sœur soit folle, Angelo. À mon avis, c'est plus grave. Elle est possédée par le Démon !

— Pouvez-vous la guérir ?

— Moi non, mais je puis écrire au diocèse pour que l'évêque m'envoie un exorciste. Malheureusement, cela entraînera des frais, et tu n'as même pas commencé à payer la dîme.

— Ma terre ne rapporte pas encore assez.

On en resta là.

Ce soir-là, Maria Franzetti rédigea un feuillet de son discret témoignage et l'inséra dans les archives de la Société d'Histoire où je le retrouverais deux générations plus tard. La généreuse couturière n'allait pourtant pas se contenter de cette démarche.

Émue jusqu'aux larmes par l'infortune de sa compatriote, elle décida de prendre le démon par les cornes. Puisque la rédemption de l'âme de Celina n'était qu'une question d'argent, elle en trouverait, elle, de l'argent.

Maria prit donc son courage d'une main, sa foi de l'autre et partit en croisade contre le Malin.

Et d'organiser une collecte de fonds.

Et de faire du porte à porte.

Et d'émouvoir les bonnes âmes de New Penzance.

Et de solliciter le curé pour qu'il en glisse un mot dans ses sermons.

Évidemment, cela ne marcha pas comme elle l'aurait voulu. Fortunat avait peur du Diable. Une vraie obsession ! En parler dans son église eût été la vouer tout entière aux flammes éternelles.

Avec ses ouailles en prime.

Et lui-même, pour couronner l'holocauste.

Mais Maria Franzetti n'avait pas dit son dernier mot. Elle se mit en devoir de racoler tout ce que le village comptait de commères pieuses et charitables.

Peu après, un groupe d'amazones en ordre de bataille prit le curé d'assaut et lui fit rendre gorge.

Il négocia.

Il temporisa.

Mais capitula.

Il accepta de plaider le cas de cette grande pécheresse, mais non d'en prononcer le nom dans le saint lieu. Dès le dimanche suivant, on put le voir et l'entendre en chaire, l'air contrit et la voix sourde, solliciter, avec une timidité qui ne lui ressemblait guère, la générosité des paroissiens pour le salut d'une pauvre brebis égarée.

Au premier rang de l'auditoire, il y avait la Franzetti. De temps à autre, elle élevait la main, paume en l'air, comme un chef d'orchestre qui ravive l'ardeur d'un premier violon manquant de verve.

— Più forte, Padre ! Più forte !

Le soliste haussait le ton quelques instants, puis retombait dans son apathie. Il fallut que sa tortionnaire le menace par signes de monter elle-même en chaire pour qu'enfin il mît un peu de chaleur dans son discours.

Mais qu'importe, puisqu'en fin de compte, le but suprême de toute cette éloquence fut atteint : amasser suffisamment de dollars pour s'offrir un exorciste.

On vit un jour arriver à New Penzance une espèce de survivant du passé. Pas un dinosaure, mais presque. Un moine. Avec robe de bure, corde à la taille, tonsure, capuchon, chapelet et catéchisme.

Avec, aussi, l'œil inquisiteur.

Et l'index pointeur.

Le père Barnabé, exorciste de son état.

Le saint homme arriva à pied, se fit conter l'histoire par le menu, déclara que son idée était faite. On lui donna l'adresse de la pécheresse. Il se mit en route.

On objecta que la demeure de Celina était à deux lieues et qu'on allait le conduire en boguet. Il refusa du geste, tourna les talons dans un joli froufrou de soutane et s'en fut d'un pas martial en récitant à voix haute toutes les prières figurant au répertoire du bon Dieu et même, paraît-il, quelques-unes qu'Il ne connaissait pas encore.

On ne sut jamais ce qui s'était passé, sinon qu'on le vit revenir le lendemain, hagard, le froc de travers, le dos rond, la démarche hésitante. Sacrant et blasphémant. Complètement gâteux.

Complètement et définitivement.

11

Au printemps de 1891, de grands changements s'étaient emparés de New Penzance. Le curé et quelques notables avaient réuni un comité et accompli les démarches nécessaires pour élever le hameau au rang de village. La constitution de la municipalité ne s'était pas passée sans rebondissements. Il avait d'abord fallu lui trouver un autre nom. En effet, New Penzance n'était jusque-là qu'un lieu-dit sans caution officielle. Le nom avait été donné en 1832 par un certain William James, originaire de Cornouailles. Ce pionnier avait choisi le site, proche d'un cours d'eau encaissé, pour y construire un barrage et installer une tannerie. Pris d'une certaine nostalgie, il avait baptisé l'endroit du nom de sa ville natale.

On apprit alors qu'il existait déjà, quelque part, un New Penzance. Il fallait trouver autre chose.

Les Anglais proposèrent une liste de noms de lieux chers à leurs cœurs d'Anglais.

Les Français, une liste de noms de saints chers à leurs cœurs de Français, et aimablement fournie par Fortunat La Casse.

Les Canadiens étant devenus majoritaires, on opta pour Sainte-Barbe. Mais le nom existait déjà, dans la région du Suroît. On se lassa, on décida que le futur maire de la paroisse prendrait la décision. On classa provisoirement le dossier.

Le premier maire élu fut un érudit : un jeune homme de vingt et un ans, bel athlète blond qui, en quelques années, avait su s'imposer à tous par son abord jovial, son dévouement et ses vastes connaissances en agriculture. Mon grand-père Josah Du Clos, le fils de Poanda et de Jean-Baptiste, était allé étudier à Montréal et sans compter ses efforts, faisait généreusement profiter tout un chacun de sa compétence. C'est donc avec reconnaissance que les paroissiens le portèrent à la mairie.

Le maire était l'aîné de la famille Du Clos, que Poanda avait enrichie, entre-temps, de trois autres rejetons : Jérémie, Esclarmonde et Philomène.

Puisqu'il fallait trouver un nom pour le village, Josah n'eut aucun mal à faire accepter celui de son grand-père. Le hasard des transcriptions et de la pratique orale ne tarda pas à transformer Barruga en Barouge, puis Bas-Rouge, et enfin, Bois-Rouge.

Le maire Du Clos demanda au curé de constituer un registre d'état civil. Mais les grosses mains calleuses du saint homme brisaient plus de plumes qu'elles n'écrivaient de mots. Il chargea donc madame Franzetti, déjà responsable des archives de la Société d'Histoire, des travaux d'écriture. Aussitôt, les livres, dont le début n'avait été qu'un ramassis de bâtons tordus et de pâtés d'encre, se muèrent en jolis recueils de calligraphie.

Mais là encore, bien des noms changèrent de tournure. Les Le Clerc, au gré des approximations de Fortunat et de son assistante, se divisèrent en Leclerc, Leclair, voire Leclaire. Les Du Clos devinrent Duclos et le curé lui-même, volontairement, se renomma Lacasse. Ce qui, lui sembla-t-il, évoquait moins la rudesse de ses ancêtres.

Nul n'y trouva à redire puisque, finalement, cela se prononçait de la même manière.

Curieusement, une seule personne ne figura jamais dans aucun registre officiel : Celina Barruga. Quant à Poanda, on l'avait d'autorité inscrite sous le prénom, plus chrétien, de Paula. Son nom de jeune fille, sous l'influence d'une plume italienne, se mua en Barucca. Voulut-on ainsi effacer la sinistre hérédité de la mère de Josah ?

Le statut officiel de Bois-Rouge apporta à la localité d'autres bienfaits, parmi lesquels une école. Chacun mit la main à la pâte pour construire, à l'orée du village, le premier bâtiment à étage de Bois-Rouge. Au rez-de-chaussée, une vaste salle accueillit bientôt les enfants des environs, tandis qu'à l'étage du dessus se trouvait le logement de fonction de la maîtresse d'école.

Le poste échut tout naturellement à madame Franzetti, seule femme lettrée de Bois-Rouge. La sympathique couturière ajouta donc à ses attributions de secrétaire de la mairie et de préposée aux écritures celle, plus prestigieuse encore, d'enseignante.

Elle n'était pas célibataire, comme l'exigeait sa fonction, mais veuve, ce qui revenait au même. C'était d'ailleurs préférable, puisque sa plantureuse cinquantaine avait fini, depuis longtemps, de faire tourner les jeunes têtes célibataires. On ne risquait donc pas, comme c'était souvent le cas, de devoir changer régulièrement d'institutrice à mesure que les jeunes filles en poste décidaient de convoler.

Qu'elle fût Italienne, par contre, fit un peu hésiter les commissaires, nouvellement élus et prenant leur tâche très au sérieux. La signora Franzetti n'était pas quelqu'un de chez nous. Plus grave encore, elle fréquentait les Irlandais, ces gens buveurs, batailleurs et superstitieux. Mais on trouva, à leur décharge, qu'ils étaient de fervents catholiques. Leurs enfants iraient donc à l'école paroissiale, apprendraient le français et deviendraient avec le temps d'authentiques Canayens.

Par contre, nul ne songea à vérifier la qualité du français de la signora, et plus d'un enfant se mit à saluer Fortunat Lacasse en l'appelant « M'sieur l'couré », ou rentra chez lui en demandant « quand c'est qu'on manze ».

On estima que c'était là le langage des gens instruits...

Jusqu'en 1895, mon grand-père Josah Duclos accomplit son mandat avec sagesse, soutenu par l'estime de tous. Mais alors que sa destinée semblait toute tracée, le démon de l'aventure, qui avait mené ses aïeux, s'empara de lui.

En 1896, une nouvelle à sensation vint enfiévrer l'imagination de tous les désargentés du pays. On avait découvert de fabuleux gisements d'or le long de la rivière Klondike, un affluent du Yukon, quelque part par là, très à l'ouest et plus encore au nord.

Les pionniers de Bois-Rouge avaient toujours en eux le souvenir de l'errance. Plusieurs étaient d'anciens coureurs des bois à peine installés, fin prêts à repartir à la recherche d'un nouvel Eldorado. Des terres se vendirent à la hâte, des baluchons se nouèrent, des canots d'écorce furent mis en chantier.

Josah n'avait rien à perdre. Il avait consacré sa compétence au service des autres, et son travail à la mairie l'avait jusqu'ici tenu à l'écart d'un vague projet de création d'une ferme modèle.

Bref, il était sans le sou.

Rien ne le retenait.

Il décida d'en être.

Poanda tenta de le raisonner. Elle avait toujours réussi, avec Jean-Baptiste Duclos, à entretenir autour d'elle un état confortablement intermédiaire entre la richesse et la pauvreté. Les pouvoirs que Chamane lui conférait meublaient ses jours et l'or la laissait indifférente. Mais Josah était déjà contaminé par la fièvre dorée.

Né dans la cabane de Chamane, Josah y était toujours le bienvenu. Il embrassa avec chaleur celle qu'il considérait comme sa grand-mère. Depuis toujours, une grande tendresse unissait la vieille et le jeune homme.

— Je sais pourquoi tu es venu me consulter, petit. Tu pars pour le Klondike, n'est-ce pas ?

— Au courant de tout, comme d'habitude, hein ? Et comment l'as-tu appris, cette fois ? En venant fouiner dans mes rêves, je suppose ?

— Bien sûr ! C'est si commode, le rêve, pour garder le contact avec ceux qu'on aime.

— Tu as été particulièrement discrète. Je ne t'ai même pas vue passer !

— Tu étais si occupé ! Je ne voulais pas te déranger.

— Tu ne me déranges jamais, grand-mère chérie. Tu sais combien je t'aime.

— Viens plutôt t'asseoir, au lieu de roucouler comme un tourtereau. Et ne dis rien. Je vais t'aider à organiser ton voyage vers l'or.

— J'ai une seule crainte, grand-mère. Je redoute de ne pas te revoir à mon retour.

— Oublie ton inquiétude, je serai encore là.

— Mais quel âge as-tu donc ? Ma mère dit que tu étais déjà une femme âgée quand elle est née. Tu dois avoir cent ans…

— J'en ai bien davantage, mais le temps ne compte plus pour moi. Je ne m'en irai que quand ma destinée sera accomplie. J'ai encore bien des choses à réaliser dans le monde des hommes. Et l'une de ces choses est de te voir revenir riche.

— Tu me surprends. Depuis quand l'argent t'intéresse-t-il?

— Il m'indiffère plus que jamais. Mais toi, tu sauras comment l'utiliser. Tu partageras ta richesse avec tes semblables, car tu es généreux. Mais si je ne te prépare pas, tu mourras avant d'avoir extrait ta première pépite. Tu n'auras pas que des amis, au Klondike. Tu auras même surtout des ennemis. L'or abonde, là-bas, mais il est bien caché. La plupart des prospecteurs reviendront plus pauvres qu'avant leur départ. Je t'apprendrai à «voir la couleur», comme ils disent, sans avoir besoin de creuser.

— Sans creuser? Tu m'étonneras toujours...

— Quand on regarde la Terre-Mère avec les yeux de l'esprit, on la voit toute. Non seulement sa surface, mais aussi ce qu'elle contient.

— Je t'aime tellement, grand-mère chérie, que j'oublie souvent que tu es la plus grande magicienne du monde!

— Revenons plutôt à notre propos. La ruée vers le Klondike attirera beaucoup de malfaiteurs qui n'iront là-bas que pour voler l'or des autres, non pour le chercher eux-mêmes. Tu auras à te défendre, et tu le feras sans arme. Je t'apprendrai à te servir du regard-qui-tue.

— Crois-tu vraiment que je devrai…

— Ne m'interromps pas, petit. Jure-moi seulement que tu n'essaieras jamais de transmettre à d'autres les pouvoirs que je vais te confier. Tu les détruirais et te détruirais toi-même. L'initiation est un rôle de femme.

— Je te le jure, grand-mère. Et je te promets aussi d'en faire bon usage.

— Je n'ai aucune crainte à ce sujet. Je sais que tu es un bon petit. Mais il faudra que tu sois très prudent. Il faut d'ailleurs que je te prévienne, Celina sera là-bas aussi.

— La Buglio ? Mais elle est bien trop vieille pour accomplir un tel voyage ! Elle a plus de soixante ans.

— Soixante-trois, oui. Mais elle connaît le moyen de voyager vite et sans peine. Méfie-toi, elle a des pouvoirs redoutables.

— Tu les lui as transmis ?

— Non, je ne l'aurais pas pu. Les esprits qui la guident sont ceux des ténèbres. Elle ne pense qu'à accomplir le mal et à répandre la souffrance. Elle sera sur place avant toi.

Sois sur tes gardes. Elle t'attendra. Celina sera ta pire ennemie.

Josah passa un mois en compagnie de sa grand-mère Chamane. Il y fit les études les plus passionnantes, mais aussi les plus éprouvantes de sa vie.

Et il apprit à « voir la couleur ».

12

J'ai parfois le frisson quand je relate cet épisode de la vie de mon grand-père Josah. Parce qu'à chaque ligne de mon récit, je me souviens qu'il s'en est fallu de peu… Il aurait logiquement dû mourir au Klondike. Ou alors en revenir plus pauvre qu'avant. Ou passer à côté de Petit Nuage sans même s'apercevoir de sa présence.

L'existence, au Klondike, était à la limite de ce que l'être humain peut endurer. Mon père, Petit Nuage, a connu cette épopée. Mieux, il l'a vue avec des yeux d'enfant et a su m'en faire un récit qui m'a marquée à jamais.

Une chose est certaine : si les pionniers avaient su à quel point la vie était précaire au Klondike, la grande majorité d'entre eux n'y serait pas allée. Certains avaient mis plus d'un an à y arriver en canot, en raquettes, à pied.

Chargés comme des débardeurs.

Quand ils s'étaient rendu compte que ce périple était insensé, ils avaient déjà passé le point de non-retour. Ils ne pouvaient que continuer.

Devenir riches ou mourir.

La plupart de ces aventuriers avait essayé de passer par le Canada en cinglant droit vers le nord-ouest.

C'était logique, à défaut d'être raisonnable. Dans ce pays à peine défriché, le chemin le plus court s'avérait souvent le plus pénible, toujours le plus dangereux.

Les plus nantis, sur ce parcours, prenaient le train. Depuis dix ans, le Canadian Pacific Railway reliait Montréal à Vancouver.

Mais peu de nantis se risquaient au Klondike.

Les pauvres, eux, faisaient le périple à pied. Ils brûlaient les étapes, hantés par la vision du métal jaune que leurs rêves embellissaient de jour en jour. Ils se hâtaient jusqu'à l'épuisement sur les méchantes pistes plus fréquentées par les ours et les loups que par les humains. Au rythme de leurs pas, ils se prenaient à compter les pépites que d'autres, là-bas, ramassaient en leur absence. Beaucoup y laissèrent leur vie, misant jusqu'à leur dernier souffle sur une richesse qu'ils ne verraient jamais.

Plusieurs, parmi ces pèlerins de l'or, étaient des coureurs des bois. Ils louaient volontiers leur connaissance du voyage aux futurs prospecteurs. Et les prospecteurs, le plus souvent, les payaient de la promesse d'un or qu'ils n'avaient pas encore trouvé.

Quand ils arrivaient vivants au terme de cette folle errance, la déception venait s'ajouter aux souffrances du voyage. Ils se faisaient dire, à quelques lieues du but, qu'aller à pied de Vancouver au Klondike était impossible, tant le pays était hostile. Quelques-uns, parmi les plus aguerris, s'y risquaient. En général, les agents de la police montée les interceptaient et les refoulaient. Certains parvenaient à se faufiler. La plupart disparaissaient à jamais.

Il fallait faire le détour par la mer et l'Alaska.

Les plus avisés, eux, allaient vers l'ouest, jusqu'au Pacifique. Parvenus en Alaska par bateau, ils se regroupaient à Dyea, à

Skagway, à Fairbanks, d'où ils se rendaient à pied, en caravanes, jusqu'à Chilcoot Pass. Ce col dans les Rocheuses était la clé du voyage. C'en était aussi le premier obstacle redoutable.

Presque insurmontable.

Les autorités canadiennes exigeaient que chaque arrivant possède de la nourriture pour un an. Cet encombrant bagage avait cheminé jusque-là à dos de mulet.

Tout cela pour se faire annoncer, le nez sur Chilcoot Pass, que les conditions climatiques étaient terribles, dans les montagnes. Les mulets ne passaient pas et devaient demeurer en Alaska.

Les pionniers faisaient alors des caches et franchissaient Chilcoot Pass avec une partie de leur équipement. Ils acheminaient ensuite le reste en plusieurs voyages. Chaque traversée prenait de trois semaines à un mois, selon la saison.

Bien heureux s'ils ne se faisaient voler des deux côtés.

Une police spontanée était née de la solidarité de ces forcenés de l'or. On fusillait les voleurs sans jugement. Mais comment s'y retrouver ? Certains dépôts de matériel attendaient que leur propriétaire revienne les chercher, d'autres avaient été délaissés par des prospecteurs découragés ou par les victimes du voyage. Un siècle plus tard, Chilcoot Pass, jonchée des abandons volontaires ou non des chercheurs d'or, méritait encore le nom que lui donna l'écrivain Jonathan Farren : « le plus grand musée du monde à ciel ouvert ». Musée de la folie, musée de la persévérance.

Pourtant cette persévérance, que l'on admire encore chez les pionniers de l'or, n'était plus du courage, mais du désespoir.

Ils étaient allés trop loin.

Il fallait continuer.

Les seuls qui arrivaient à traverser le col sans encombre étaient ceux qui voyageaient en groupe, comme Josah et ses associés. Car il fallait être trois pour franchir Chilcoot Pass sans y laisser son matériel ou sa peau. Ou les deux. Un surveillant de chaque côté du col, et un transporteur de matériel.

Josah s'était adjoint, à Bois-Rouge, deux compagnons. Gérard Lamarche, dit Gerry, et Hiram McGuire. Gerry était un joyeux luron de vingt ans, fluet, agile et animé d'une bonne humeur inaltérable. Fils unique des tenanciers du magasin général, il s'ennuyait à mourir en vendant des clous et des pelles aux fermiers des environs. Las aussi de faire le joli cœur auprès de la clientèle féminine, il avait accueilli la ruée vers l'or comme une invitation personnelle. Quand Josah était venu au magasin faire quelques emplettes en prévision de son voyage, l'enthousiasme et le goût de l'aventure avaient rapproché les deux hommes. Ils avaient décidé de faire équipe.

Hiram avait trente-cinq ans. Il était Écossais. Un géant taciturne aussi dévoué qu'infatigable, connu et apprécié, à Bois-Rouge, pour ses talents de gestionnaire et de comptable. C'était devenu son métier et il parcourait régulièrement les fermes et les entreprises de la région, évaluant dépenses et profits, suggérant des investissements, conseillant ici des agrandissements, là l'engagement de nouveaux employés...

Petit à petit, l'habitude de compter l'argent des autres lui avait donné l'envie de se mettre à compter le sien. Mais il fallait qu'il s'en procure une quantité raisonnable pour que cela en vaille la peine. Il décida, après mûre réflexion, d'aller se mêler aux aventuriers du Klondike. Comprenant que pour mener à bien une telle entreprise, il valait mieux travailler en équipe, il proposa ses services aux deux futurs prospecteurs qui lui parurent les plus courageux et les plus déterminés. Josah Duclos et Gerry Lamarche.

On négocia l'association.

On scella le traité d'une poignée de main.

On se mit en route.

Josah avait expliqué à ses compagnons, sans toutefois leur donner de détails, qu'il avait un moyen infaillible pour détecter l'or.

— Grâce à toi, on reviendra riches! s'était aussitôt enhardi le jeune Gerry.

— Faudra faire tes preuves, avait grommelé Hiram, plus prudent.

À Chilcoot Pass, Josah et Hiram effectuèrent le premier transport, laissant Gerry garder la cache. Ensuite, Hiram demeura du côté canadien pour surveiller le matériel et s'occuper de la construction d'un radeau, pendant que Josah faisait la navette entre le fleuve Yukon et la montagne. Quand il revint de son dernier trajet, en compagnie de Gerry, le radeau était terminé. Il leur avait fallu deux mois pour franchir Chilcoot Pass.

Il restait à naviguer jusqu'à Dawson en empruntant le fleuve Yukon, puis son affluent, le Klondike.

« Naviguer » est un bien grand mot.

C'était de loin la partie la plus périlleuse du voyage.

Les chercheurs d'or n'étaient pas les bienvenus. Ils se faisaient fréquemment canarder depuis la rive. Il fallait riposter, s'abriter, passer.

Il y avait aussi les rapides.

En particulier celui de Five Fingers, dont on ne comptait plus les victimes.

Quand on avait eu de la chance et la sagesse de contourner les obstacles au lieu de les affronter, on arrivait un jour à Dawson…

Dawson.

Tout bien considéré, c'était peut-être là le plus grand danger de toute l'aventure. C'était une fourmilière surpeuplée. La moitié de sa surface était un chantier. On construisait partout, sans plan établi, là où il y avait de la place.

Des maisons de jeu, le plus souvent.

Ruée vers l'or oblige : une pépite ne pouvait être trouvée qu'une fois. Par contre, elle pouvait être jouée au poker des centaines de fois. C'est pour cela qu'il y avait, à Dawson, plus de joueurs que de prospecteurs.

L'agglomération grandissait à vue d'œil et se parait déjà du nom de Dawson City qu'elle perdrait bientôt. Elle redeviendrait Dawson tout court quand la dernière pépite aurait tinté dans la poche du dernier prospecteur.

Dawson était la future et très provisoire capitale du Yukon.

La concurrence y était féroce, le vol et l'assassinat tacitement reconnus comme de simples moyens de subsistance. On y voyait parfois le caporal Gibson, représentant local de la police montée.

Quand Gibson était là, on se faisait un peu plus discret dans le meurtre, le vol, le taxage, le racket, la prise d'otages, la séquestration, les sévices les plus divers perpétrés pour une pépite ou deux.

On le surveillait du coin de l'œil, on attendait qu'il reparte, puis on recommençait comme avant. Le caporal n'avait guère d'autre choix que de fermer les yeux. Il était seul à couvrir un immense territoire.

Parfois, chemin faisant, le policier appréhendait un malfaiteur. Il ne pouvait rien faire d'autre que le prier poliment d'aller se présenter à la prison de Dawson. Il n'était pas la force de l'ordre, seulement son symbole.

Le plus drôle, c'est que, fréquemment, le coupable obéissait ! Il faut dire que c'était pour lui la meilleure manière de se procurer un repas et un toit pour la nuit. Et aussi que le lendemain, le shérif devrait bien le mettre à la porte pour accueillir plus truand que lui...

Gerry, peu porté à voir le vice là où il se trouvait, estimait que la ville champignon était un endroit vivant et intéressant. Josah était loin de partager son enthousiasme. Quant à Hiram, il refusait carrément d'y séjourner une heure de plus.

— Je suis venu ici pour gagner honnêtement ma vie, pas pour faire la guerre aux pirates, trancha l'Écossais. Suivez-moi si vous voulez, je m'en vais travailler plus loin.

— Hiram a raison, plaida Josah. Ici, on a autant de chance de trouver la mort que de l'or. Il paraît qu'il y a un autre village, à peine construit, un peu plus loin, à une demi-journée.

— Vous avez peur de tout ! Écoutez-moi, pour une fois ! insista Gerry. N'est-ce pas moi qui vous ai encouragés à traverser le col, à Chilcoot Pass ? N'est-ce pas moi aussi qui, devant chaque rapide, ai déclaré qu'il était franchissable ?

— Oui, répondit calmement Hiram, mais c'est moi qui ai organisé le passage par étapes à Chilcoot. Et c'est moi qui ai construit le radeau, moi qui ai décidé de contourner Five Fingers au lieu de l'affronter comme de jeunes fous...

On soumit la décision au vote.

On se remit en route.

13

Le paysage était grandiose, pour ceux qui prenaient le temps de l'admirer. Le relief, à deux pas des Rocheuses, était chaotique. Le Klondike était le plus souvent encaissé entre des falaises. Le reste était le domaine de la forêt.

De grands espaces calcinés témoignaient des incendies qui sévissaient chaque été. Mais l'exubérante nature pansait vite ses plaies et sur les surfaces brûlées poussait le *fire weed*. Cette superbe fleur rouge, comparable à la digitale, était le cadeau du feu. Et au milieu de cette sauvage beauté, il y avait Tagish.

Tagish méritait à peine le nom de village. Il comportait quelques baraques, assemblées sans soin ni plan. Faute d'architecte, une sorte de rue avait fini, au gré des passages, par se dessiner toute seule. La plupart des habitations étaient des tentes ou des masures faites de matériaux de fortune : planches disjointes colmatées à la boue, huttes de branchages, tanières creusées à flanc de coteau… Les plus riches avaient un poêle de tôle qui leur apportait un bien-être illusoire. Mais ce qui les tenait au chaud était bien plus la fièvre de l'or si proche.

Bref, Tagish était le Dawson du pauvre. Mais son nom était de bon augure. C'était celui de Tagish Charlie, l'Amérindien qui, le premier, avait trouvé une énorme pépite au Klondike, avec son compagnon, Skookum Jim. Quelques-uns attribuaient plutôt la découverte de la première pépite à un certain Carmack, qui était le beau-frère de Skookum Jim. Ce pays n'avait pas cinq ans, mais possédait déjà plusieurs légendes.

Quand le sol était gelé, ce qui était courant, les prospecteurs passaient la moitié de leur journée à entretenir un feu dans leur trou. L'après-midi, ils enlevaient les cendres et se hâtaient de creuser jusqu'à la glace, avant qu'elle ne remonte et annule leurs efforts. Le produit de l'excavation était ensuite lavé, tamisé, examiné avec passion. De temps à autre, ils allaient au village faire analyser leurs échantillons. Il y avait presque toujours de l'or.

En quantité infime.

Pour devenir riche, il fallait trouver le filon.

D'autres pionniers exploitaient la rivière en été. Jour et nuit, ils lavaient le gravier dans leur batée, à la recherche de pépites ou de poussière jaune. Leur entêtement était sans limite. Ils allèrent jusqu'à déplacer le Klondike. On peut encore voir, de nos jours, l'ancien lit de la rivière, dont toutes les pierres ont été examinées, retournées en tout sens, concassées, empilées en petites pyramides méthodiques.

Certains prospecteurs se décourageaient et vendaient leur concession, souvent après y avoir enfoui le peu d'or qu'ils possédaient : l'analyse révélait un taux intéressant de métal et la transaction rapportait plus que la vente de l'or qu'on y avait trouvé.

Plus d'un mineur, résigné à rester pauvre, retournait à son ancien métier, le trappage. Le gibier abondait dans cette contrée à peine explorée et la traite des fourrures, si elle n'enrichissait guère son homme, au moins le nourrissait.

À Tagish, les fourrures comme l'or se négociaient au magasin général, le plus gros taudis du village. On y payait en pépites ou en fournitures. Les arrivants y enregistraient leurs concessions et achetaient des outils et des vêtements. En particulier les robustes pantalons de travail que venait de créer un certain monsieur Lévy Strauss, venu au Klondike pour y écouler un stock de toile de Nîmes, qu'il appelait « denim ».

La boutique vendait aussi des armes, des munitions et de l'alcool. Surtout de l'alcool. Elle recevait parfois la visite du caporal Gibson, quand l'épaisseur de la neige permettait à son cheval de passer.

Le magasin général occupait la moitié d'un grand baraquement. L'autre moitié, c'était l'hôtel. Là, on pouvait, jour et nuit, jouer son or au poker, manger du ragoût, boire l'horrible tord-boyaux importé de l'Alaska à dos de mulet, par caravanes entières. Mais il était impossible d'y loger, à moins que le voyageur accepte de payer le prix fort pour partager l'alcôve d'une des trois employées.

Ce luxe était le privilège de ceux qui avaient trouvé le filon.

Et il fallait réserver longtemps d'avance.

Cet hôtel était tenu par la seule femme âgée du coin, une étrangère. Une certaine Celina Barruga.

Dès leur arrivée, les trois associés s'étaient organisés sous les sages conseils d'Hiram. Au lieu de se ruer vers l'or et de creuser un premier trou n'importe où, ils avaient pris le temps de se construire une solide cabane, à l'écart du village, de ses bouges et de ses intrigues.

Eux qui évitaient de se faire remarquer furent vite le point de mire de tout Tagish. Quand allaient-ils se décider à prospecter ? Lorsqu'ils entreprirent de creuser une feuillée derrière leur maisonnette, ils firent scandale. À Tagish comme à Dawson, les latrines étaient inexistantes. On se soulageait, avec plus ou moins de discrétion, là où on se trouvait. L'hiver, pendant huit ou neuf mois, congelait ce cloaque et le recouvrait décemment d'une couche de neige.

Au printemps, le dégel apportait des tracas dont l'odeur était le moindre. On aurait accepté de patauger dans la fiente si elle n'avait causé les épidémies de typhus et, parfois, de choléra. On mourait alors beaucoup, bien des concessions minières, qu'on appelait « claims », devenaient vacantes. Des fortunes, présentes ou futures changeaient de main.

Un jour, plusieurs hommes accostèrent Hiram devant le magasin général. Ils voulaient savoir. Creusaient-ils vraiment pour installer des toilettes ? Hiram répondit par l'affirmative.

— Et vous lavez vos déblais à la batée ?

— Non. On ne prospecte pas encore.

Les pionniers haussèrent les épaules, incrédules. Il fallait être fou pour creuser un trou sans chercher de filon. L'un d'eux résuma en une formule le sentiment général :

— Nous, on creuse pour de l'or, pas pour de la merde.

Josah et ses compagnons avaient décidé de partager leurs journées en trois. Chaque homme accomplirait successivement huit heures de travail et huit heures de garde, avant de prendre huit heures de repos. Ainsi, la future mine ne serait jamais sans surveillance. Ils devaient être prudents. Les clandestins qui préféraient laisser creuser les autres et profiter de leurs trouvailles abondaient. Quand un prospecteur se montrait au village avec de l'or, la nouvelle se répandait vite. Les parasites surgissaient aussitôt, comme une volée de mouches noires. Le caporal Gibson en expulsait quelques-uns à chacune de ses visites. Ils revenaient le lendemain. Parfois, les prospecteurs en pendaient un ou deux, malgré l'interdiction du policier. Mais l'exemple ne portait guère. La soif de l'or l'emportait sur la peur de la corde.

Dès que la cabane fut construite, Josah partit enfin prospecter. Il faisait encore beau, en cette fin d'été, mais on devait se dépêcher. La mine devait être bien amorcée avant l'hiver, sinon on ne ferait rien de bon en attendant le printemps.

Josah avait la foi chevillée au corps. Chamane lui avait promis qu'il trouverait de l'or et cette promesse faisait figure de garantie absolue de succès. Il avait réussi à entraîner ses deux compagnons jusqu'au Klondike sur la seule assurance de cette promesse.

Si Josah était confiant, Gerry, lui, débordait d'optimisme. Il avait le don de gonfler les certitudes de Josah au point d'en faire d'incontournables montagnes. Heureusement, il y avait Hiram. Le sage

Hiram qui savait faire preuve d'un scepticisme plus inébranlable qu'une montagne. Le prévoyant Hiram qui savait miser son avenir sur autre chose que des promesses. Il avait coutume de dire que si le truc de Josah ne marchait pas, on pourrait toujours faire comme les autres : creuser au petit bonheur.

Josah, depuis plusieurs heures, explorait les hauteurs de la falaise, près de la rivière. Cela faisait une semaine qu'il s'était mis à la recherche de l'or et le doute commençait à s'infiltrer dans son esprit. Allait-il devoir encore une fois revenir bredouille ? Encore une fois décevoir deux amis qui l'avaient suivi au bout du monde ? De temps à autre, il s'arrêtait. Regardait. Semblait plongé dans une profonde méditation de quelques instants. Puis il repartait, faisait trois pas, s'arrêtait encore.

Il tentait de mettre en pratique le don de voyance reçu de Chamane. À Bois-Rouge, il décelait sans peine une roche, une racine, un objet enfoui par la vieille. Il avait même découvert une pépite, dissimulée dans le sac-médecine de Chamane.

Josah avait vu la couleur.

Mais tout cela, c'était l'école.

Ici, c'était la ruée vers l'or.

Serait-il en mesure de la dénicher ici, à Tagish, la couleur ?

Vers midi, Josah s'assoit quelques instants après avoir rempli sa gourde à l'eau d'un ruisseau. Il grignote machinalement un biscuit sec sans cesser de penser à sa quête. Son regard erre sur les reliefs environnants.

Il y a de l'or quelque part là-dedans, se dit-il. *Mais où ? Chez Chamane, je n'avais qu'une clairière à fouiller. Ici, j'ai tout le Yukon à passer au crible.*

Plusieurs fois, il a senti la proximité de l'or, mais avec tant d'imprécision qu'il lui est impossible de décider où donner le premier coup de pioche. Devra-t-il avouer à ses associés qu'il s'est trompé sur ses propres capacités et qu'il va leur falloir creuser au hasard en se fiant à une hypothétique bonne étoile ?

Il repense à l'apprentissage que lui a transmis son initiatrice. La présence de la vieille Chamane créait comme une bulle autour de lui. Il se mettait à chercher avec tant d'intensité qu'il en perdait jusqu'à son identité. Il devenait tout entier recherche.

Voilà mon erreur. Je fais confiance à Chamane. Mais elle n'est pas là. Le seul à qui je puisse me fier, c'est moi-même. Et d'ailleurs, Chamane ne m'aurait pas laissé rentrer le premier jour sans avoir trouvé. Il m'aurait fallu continuer jusqu'à l'épuisement. Trouver l'or ou tomber. M'investir sans restriction, quitte à en mourir.

À force d'y songer, la fièvre le prend. L'esprit de Chamane est en lui. Celui de l'or aussi. Josah devient or.

C'est alors qu'il voit.

Le paysage s'efface jusqu'au néant.

Le sol rocheux devient diaphane. Des contours disparaissent, d'autres se précisent. Il voit des pierres, de la terre, de la caillasse. Des racines, aussi. Il en remarque une différente des autres. Peu ramifiée.

Longue de cinq pieds.

Elle a la couleur.

Josah a trouvé.

Il y a de l'or sous ses pieds.

Il est étourdi. Ses yeux dilatés lui font mal. Il prend le temps de les refermer, de se calmer. Quand son cœur a repris une cadence paisible, il réfléchit. Il y a là-dessous de quoi faire la fortune de trois hommes.

L'or est à deux pieds de la surface. Ridiculement proche. Il y a de la roche, mais s'ils savent s'y prendre, demain ou après-demain, ils toucheront le métal. Dans moins d'une semaine, ils seront riches.

12

Gustav Richardson, que tout le monde appelait l'oncle Gus, était le tenancier du magasin général. Ce gros homme replet et jovial vivait la ruée vers l'or à sa manière. Assez cupide pour en désirer, mais pas assez fou pour creuser, il avait trouvé le moyen de s'enrichir sans s'éreinter dans un trou. Et ce moyen, de surcroît, était parfaitement honnête. L'oncle Gus jouissait de la protection du caporal Gibson et du respect des mineurs, pour qui sa présence était indispensable.

Il était le trésorier, le banquier, le prêteur, le marchand de Tagish. Il en était aussi, pour ainsi dire, le notaire.

Josah s'en fut le trouver.

— Je veux creuser ici, dit-il en pointant son doigt sur la carte.

— C'est à l'écart des chantiers.

— Je veux avoir la paix pour travailler.

— N'as-tu pas peur des rôdeurs ?

— Nous sommes trois. Nous saurons nous défendre.

— As-tu des échantillons ?

— Pas encore. J'en aurai bientôt.

— Toi, mon gaillard, tu m'as tout l'air d'avoir une idée derrière la tête ! Je tiens à te mettre en garde. J'en ai vu, des jeunes savants dans ton genre, arriver ici avec une belle théorie. Ils se croient très forts, ils vont révolutionner le métier, ils vont trouver l'or sans effort... Ils sont les premiers à abandonner, à repartir plus pauvres qu'avant. Ce qu'il faut, pour trouver l'or, ce n'est pas des idées, mais une paire de bras solides et du courage. Beaucoup de courage. Suis mon conseil, petit, va chercher ton or là où les autres le font. Il y a encore de la place. Si les autres y demeurent, c'est parce qu'ils en ont trouvé.

— Si je pensais comme toi, l'oncle Gus, je serais resté à Dawson.

— Hum ! Pas idiot, hein ? Tu as peut-être raison, dans le fond. Si Tagish existe, c'est sans doute parce qu'un jeune fou dans ton genre est venu fourrer son nez par ici. Mais en t'écartant des chantiers, tu augmentes tes difficultés. Et puis tant pis ! Tu me plais, petit, parce que tu as la tête dure. C'est une qualité, ici. Je vais t'aider en te donnant ton claim là où tu veux l'avoir. Il faudra clôturer et poser une pancarte. Tout est écrit sur le papier. Tu sais lire ?

— Oui.

— Encore un conseil : si tu trouves de l'or, apporte-le-moi. Il sera en sécurité dans mon coffre. Quiconque voudrait me voler serait aussitôt lynché par tous les prospecteurs. Ne garde rien chez toi. Tu te ferais égorger pour une pépite.

Les trois hommes étaient assis sur leurs bûches, autour de la table de rondins sur laquelle ils avaient allumé la lampe à huile.

Dans la lumière, il y avait quatre fragments d'or.

Pas bien gros, non.

Informes et lardés de cicatrices.

Il avait fallu les extraire de leur gangue au pic et au levier.

Mais ils avaient bel et bien la couleur. Impossible de se tromper.

Les prospecteurs étaient fascinés. Seulement trois semaines à Tagish, et ils étaient déjà riches! Ils avaient creusé jour et nuit. La roche était dure, mais à flanc de falaise, elle avait été érodée par les eaux depuis des millénaires et oxydée par les intempéries, éclatée par le terrible gel qui vient à bout du matériau le plus dur. En piochant ferme, il n'avait fallu que deux jours pour voir la couleur.

Gerry n'y tient plus. Il se lève et danse comme un fou en chantant une rengaine qu'il compose à mesure. Il y est question de ranch, de chevaux, de maison de pierre. Il paraît que monsieur Ford vient de mettre au point une machine qui avance grâce à un moteur à pétrole. Gerry sera le premier à avoir une automobile à Bois-Rouge...

Hiram, plus raisonnable, reste assis. Il n'en échafaude pas moins des projets mirifiques. Il créera une banque pour y déposer sa fortune. Il achètera une terre, se mariera, dotera Bois-Rouge d'une église méthodiste en pierre, plus grande et plus belle que la méchante baraque de Fortunat Lacasse...

Josah, lui, sera réélu aux prochaines élections. Toujours philanthrope, il dotera

Bois-Rouge d'un aqueduc et y fera installer l'électricité. Les lampes à filament, inventées par monsieur Edison il y a vingt ans, éclaireront les rues du village…

Mais Josah a aussi des projets plus immédiats.

— Demain, j'irai déposer l'or dans le coffre d'oncle Gus. Tout le monde va savoir que nous avons trouvé le filon.

— Les ennuis vont commencer, remarque Hiram. Je préférerais la discrétion.

— On ne pourra pas cacher bien longtemps que je suis capable de trouver de l'or.

— Ouais, ajoute Gerry, tu ne nous as toujours pas expliqué comment…

— Je ne peux pas vous le révéler. Disons que c'est un peu magique, mon truc. Si je vous le dévoile, ça ne marchera plus. Mon projet, c'est de vous laisser exploiter la mine et d'aller en chercher une autre.

— On n'a même pas commencé à vider la nôtre !

— Justement, il ne faut pas la vider. Il faut extraire le filon principal, là où se trouvent les grosses pépites, mais ne pas toucher aux veines secondaires. Ainsi nous pourrons vendre le claim à bon prix.

— D'autres s'enrichiront à notre place !

— Non, je ne crois pas. Je pense au contraire qu'il est plus intéressant de vendre des mines aux prospecteurs que de l'or à l'oncle Gus.

— C'est peut-être une bonne idée, évalue Hiram. Mais je veux qu'on ouvre d'abord la deuxième mine avant de vendre celle-ci.

— Toujours prudent, toi. Tu as raison. Si vous êtes d'accord, demain, je cesse de creuser et je repars prospecter.

Tous deux acceptent, impressionnés par l'assurance de Josah.

Dès demain, il cherchera. Dans une semaine ou deux, le deuxième claim sera enregistré.

La réputation des trois nouveaux s'était bâtie en un éclair. On avait d'abord vu arriver les curieux, tenus à distance par les fusils de Hiram et Gerry. D'autres étaient venus dans l'espoir de louer leurs bras, estimant que les riches peuvent bien donner du travail aux pauvres.

Vinrent aussi les escrocs.

Un soir, alors que Josah comptait la recette avec ses amis, on frappa à la porte. Hiram s'empressa de cacher l'or, et Gerry de s'emparer de son fusil. Josah inséra dans le plancher la cheville qui empêchait la porte de livrer passage, mais permettait de l'entrouvrir pour examiner l'intrus. Cette fois il y en avait deux, armés jusqu'aux dents.

Des carabines à répétition et des revolvers à six coups.

— Que voulez-vous ? demanda Josah.

— Parler affaires.

— On n'embauche pas.

— On veut parler d'une autre affaire.

— Il faut laisser les armes dehors.

— On risque de se les faire voler. Mon associé restera dehors avec les armes. J'entrerai seul.

— Laisse aussi ta veste et ton chapeau.

Ils ouvrirent la porte, fusils pointés. L'homme entra, mains levées. Grand, gros, barbu, vêtu comme un coureur des bois. Josah palpa sa chemise à carreaux et son pantalon pour vérifier qu'il n'avait effectivement plus d'arme sur lui. On referma.

— Assieds-toi et pose les mains sur la table. Explique-nous ton affaire. Veux-tu acheter notre claim ?

— Non, je ne suis pas un prospecteur. J'ai une agence de protection.

— Nous assurons notre propre protection.

— C'est une erreur. Vous ne pouvez surveiller et creuser en même temps. Vous êtes riches, et votre or fait des envieux.

— Et que demandes-tu en échange de ta prétendue protection ?

— Cinq pour cent.

— Trop cher, trancha Hiram.

— Pas du tout. Il y a beaucoup de dynamite à Tagish. Un petit pétard bien placé, et ta mine s'effondre, avec toi dedans. On en a vu plusieurs mourir ainsi, ces derniers temps.

— Et qui l'allumera, ton petit pétard ? Toi, j'imagine ? gronda Gerry, le doigt sur la détente.

— Qui sait ? Les gens sont si malhonnêtes !

La menace n'était même pas déguisée. Ce type-là était un des nombreux racketteurs qui s'enrichissaient en semant la peur. Hiram en avait assez entendu. Il se dressa, hostile :

— Fiche le camp et ne reviens pas ou on te troue la peau.

— Vous pourriez le regretter, les gars, un accident est vite arrivé…

Josah se tenait devant l'homme, les yeux dilatés, le regard mauve et brillant. L'intrus se leva, titubant, incapable de soustraire ses yeux à ceux de Josah. Il s'écroula avant d'avoir atteint la porte. Hiram l'empoigna par col et culotte et le jeta dehors.

— Tu l'as tué ? demanda Gerry quand Josah eut repris ses esprits.

— Non, mais j'aurais pu. Quelque chose m'a arrêté. J'ai vu le visage de ma mère Poanda. Et celui de ma grand-mère Chamane. Elles ne voulaient pas que je le tue. Elles ont raison. Je préfère qu'il vive pour qu'il aille raconter à ses semblables ce dont je suis capable. Les racketteurs nous éviteront, à l'avenir.

— Mais comment as-tu fait pour l'endormir ?

— C'est encore une de ces choses que je ne puis révéler. Si j'en parle, je crains de perdre mon pouvoir.

— Le gars que tu viens de foudroyer du regard en parlera, lui.

— J'y compte bien. Mais il ne pourra rien expliquer. Je garderai mon pouvoir et plus un seul brigand ne se frottera à nous.

14

Josah se trompait. Le gros homme de la veille n'avait pas dit son dernier mot. Sournois et rancunier, il garda pour lui le secret de sa mésaventure et exigea que son comparse se taise, lui aussi. À présent, il cherchait à se venger. Il ne croyait pas aux sortilèges, même s'il se doutait qu'il y avait un truc qui lui échappait dans le comportement de Josah. La prochaine fois, il tirerait avant de se faire endormir, tout simplement.

Depuis deux jours, il guettait les allées et venues des trois compères entre leur mine et le village. Mais Josah ne passait jamais par là. Seul Gerry allait porter l'or à l'oncle Gus. Beaucoup d'or, à ce qu'on disait.

Le jeune homme parvint à mi-chemin de son itinéraire. Il était sur ses gardes, le fusil à la hanche, le doigt sur la détente.

Il vaut mieux le laisser aller, se dit le truand.

Le prendre par derrière.

Il se dissimula, le temps que Gerry dépasse sa cachette.

— Ne te retourne pas ou je te tue !

Le jeune homme se figea.

— Pose le fusil par terre et avance de six pieds !

Il sentait l'arme pointée sur son dos comme s'il la voyait. Il se mit à réfléchir à toute allure.

L'homme voulait sûrement le voler. Pas le tuer. Sinon, il aurait déjà tiré.

La seule chose à faire pour l'instant était d'obéir. Il aurait été idiot de mourir pour si peu d'or, quand il en possédait tout un filon.

Le racketteur approcha, ramassa le fusil, une arme à un coup. Il la déchargea et la jeta loin dans les broussailles.

— Retourne-toi doucement. Si tu as une autre arme, qu'elle reste où elle est. Je tirerai avant que tu y touches. Bien.

Maintenant, sans geste brusque, tu vas sortir l'or de ta poche et le déposer à terre.

— Je te reconnais, dit Gerry en lâchant la petite bourse de cuir qui tomba à ses pieds. Tu es le type que Josah a endormi.

— Josah, hein ? Moi, on m'appelle Big Tom. Va dire aux deux autres piocheux que Big Tom va leur rendre la vie dure. Sauf, bien sûr, s'ils acceptent ma proposition de protection. Mais le prix a monté. C'est dix pour cent, maintenant. À prendre ou à laisser.

— Et moi, dit le jeune homme qui s'était ressaisi, je m'appelle Gerry. Retiens bien une chose, Big Tom : Gerry aura ta peau ! Et si ce n'est pas Gerry, ce sera un de ses compagnons !

— J'en connais mille qui veulent ma peau. Ils ne l'auront pas plus que toi.

Josah revint de sa randonnée. Il n'avait pas trouvé. Pas encore, mais il était sur la bonne voie. Pour la deuxième fois, il avait senti la proximité de l'or. À trois pas de sa cabane. Sûrement une belle grosse veine. Il n'avait pas été jusqu'à la voir, mais il savait à présent qu'il ne devait pas se montrer trop impatient. Il n'avait pas réussi à se mettre de nouveau dans un état de totale disponibilité. Cette transe qui, seule, permet de voir l'or à travers la terre. Demain ou après-demain, il verrait.

Sur la table, comme à l'accoutumée, luisait le métal extrait ce jour par Hiram et Gerry. De belles pépites. Presque de quoi se remplir le creux de la main. Une petite fortune.

Pourtant les trois hommes n'avaient pas le cœur à rire. Gerry venait de raconter à Josah sa rencontre avec Big Tom. Curieusement, Gerry était le moins abattu des trois.

— Vous n'imaginiez quand même pas que nous allions nous remplir les poches sans que personne vienne nous déranger ! On est au Klondike, ici, pas à Bois-Rouge.

— Que veux-tu qu'on fasse ? demanda Josah en haussant les épaules. Big Tom est sur ses gardes. Il ne me permettra pas de lui faire une deuxième fois le coup du regard-qui-tue. Il tirera avant.

— Il faut ruser, intervint Hiram. Es-tu capable de le prendre par surprise ?

— En principe, oui. Je n'ai jamais essayé, mais c'est sûrement possible. Le tout, c'est qu'il m'en laisse le temps.

— Pour ça, il suffira de le mettre en confiance.

— Autant essayer d'apprivoiser un coyote enragé !

— Mais pas du tout, Gerry. Au contraire, c'est Big Tom lui-même qui sera assez bête pour nous tendre la perche !

— Tu divagues, Hiram.

— Non, Josah. Réfléchis. Big Tom a doublé son prix. C'est donc qu'il ne désespère pas de nous faire accepter sa protection.

— Hé ! Mais c'est vrai, ça ! jubila soudain Gerry. Il ne dynamitera pas notre mine avant d'être sûr qu'elle ne peut rien lui rapporter.

— Voilà ! Et ça me donne même l'idée d'un petit plan qui pourrait bien l'empêcher de nuire définitivement. Mais toi, Josah, te sens-tu prêt à le tuer, à présent ?

— J'aurais dû le faire la première fois. Mes scrupules nous ont mis tous les trois en danger. Je n'hésiterai plus.

— Tu n'auras qu'à te cacher pour le neutraliser à son insu, proposa Gerry. Il ne l'aura pas volé ! Après tout, c'est lui qui, le premier, m'a pris en traître.

— Non, c'est impossible. Ça ne peut marcher que si un lien est établi entre moi et lui. Par exemple s'il me surveille ou s'il me parle. Je n'ai pas le choix : je devrai l'affronter.

Gerry, contrairement à Hiram, réfléchissait plus efficacement dans le feu de l'action. Et cette action, il s'était mis en chemin avec l'intention bien arrêtée de la provoquer.

Il n'avait même pas pris la précaution de s'armer. Big Tom, pensait-il, ne chercherait pas à l'abattre. En tout cas, pas tout de suite. C'eût été, de sa part, tuer la poule aux œufs d'or. Par ailleurs, le truand ne pouvait s'approprier la mine. Il se serait mis à dos deux des personnages les plus incontournables de Tagish : l'oncle Gus, par qui passait tout l'or, et le caporal Gibson, qui pouvait faire annuler une concession. Il lui fallait laisser les autres extraire l'or qu'il volait. C'était son point faible. Il allait lui être fatal.

L'or que Gerry possédait légalement était donc sa sauvegarde, et cet or, il l'avait dans sa poche. Pas beaucoup, évidemment, puisque, de toute évidence, il serait volé. Mais ce sacrifice était la seule manière de reprendre contact avec le truand afin de le piéger.

En ruminant ces sombres projets, Gerry, incorrigible optimiste, brûlait les étapes et savourait déjà sa victoire. Il cheminait sans plus prendre garde au but de sa promenade matinale. Ce fut avec un soubresaut nerveux qu'il entendit Big Tom le héler et lui enjoindre de ne plus bouger.

En un éclair, il revint sur terre. Il se calma aussitôt.

La technique du bandit était connue. La suite, elle, avait été soigneusement préparée.

Gerry déposa l'or à terre.

— Je n'ai pas d'arme.

— Tiens ! Tu deviens raisonnable. C'est bien, ça. Aurais-tu compris que Big Tom est le plus fort ?

— Admettons, répondit le jeune homme, la mine volontairement renfrognée.

— Ne fais pas cette tête-là, railla le voleur en ramassant la bourse. On pourrait devenir bons amis, si tu étais moins rancunier. Oh ! Mais je pensais qu'on trouvait bien plus d'or dans ton claim ! Tu es sûr que tu ne m'en caches pas ?

— On a peu travaillé hier. Il fallait étayer. Et puis, on a beaucoup discuté.

— On peut savoir de quoi ?

— De ta proposition.

— Ah ! Voilà qui est mieux. Et le résultat ?

— On accepte. Pas le choix.

— Eh oui ! Ils sont tous comme ça au début. Ils acceptent à reculons. Mais renseigne-toi : tu apprendras que tous les prospecteurs de Tagish sont sous protection.

— Ça coûte cher !

— Peut-être, mais ça vaut la peine. Réfléchis un peu, Gerry. Dix pour cent de moins dans tes poches, mais la sécurité garantie.

— Les autres veulent te voir, pour discuter.

— Attention, pas d'entourloupette ! J'irai, mais j'assurerai mes arrières ! Ton ami ne m'aura pas comme la première fois. Je veux que ce soit toi qui ouvres la porte. Je veux voir toutes les armes dans un coin et les hommes dans l'autre. Et moi, je serai armé. À prendre ou à laisser !

— D'accord. Et parlant d'armes, je veux récupérer mon fusil. J'en ai besoin pour chasser.

— Je te l'apporterai ce soir. Ce sera mon cadeau de bienvenue. Je viendrai à la tombée de la nuit. Et dis à ton copain l'hypnotiseur de ne pas préparer de mauvais coup, sinon je le remplis de plomb !

Gerry, tremblant d'enthousiasme, achevait de raconter sa conversation avec Big Tom. Excellent conteur, il en rajoutait. Il se donnait le beau rôle. Ses compagnons l'écoutaient attentivement, soupesant les atouts des deux parties.

— J'estime que le plan se déroule comme prévu, conclut Hiram. Il croit nous tenir dans son piège, mais il viendra se jeter dans le nôtre.

— Attention, prévint Josah. Nous n'avons pas encore gagné. Il se méfiera de mes yeux. Même s'il évite de me regarder, je pourrai sans doute le vaincre. Il suffit qu'il fasse attention à moi, et il n'y manquera pas ! Mais pour moi, ce ne sera pas facile de le neutraliser. Promettez-moi une chose. Si j'échoue, acceptez sa protection, même s'il me tue. Ainsi, il y en aura au moins deux qui retourneront riches à Bois-Rouge.

— D'accord, dit Gerry. Mais je trouverai bien le moyen d'avoir sa peau quand même.

— Moi aussi, ajouta Hiram. Mais nous n'en sommes pas encore là.

— Merci, les gars, soupira Josah. Je crois que comme ça, on va y arriver. Tout ce que je vous demande, le moment venu, c'est de me soutenir par la pensée. De toutes vos forces.

— Tu les auras, nos forces.

— À trois, nous vaincrons !

Big Tom arriva à l'heure dite. Gerry entrouvrit la porte. La cheville était mise. L'homme avait le revolver à la main, le chien levé. L'air nerveux, comme quelqu'un qui prend de gros risques. Il donna un coup de pied dans la porte pour en exiger l'ouverture.

— Tout le monde assis ! Les mains sur la table. Et toi, Josah, tourne-toi vers le mur. Si je vois tes yeux, je tire.

On obéit sans discuter. Gerry retira la cheville de sécurité. Big Tom entra, vérifia que les armes étaient sagement rangées dans un coin, jeta le fusil de Gerry sur le tas.

— Vous voyez, je suis un homme de parole. À vous, maintenant, de faire preuve de bonne volonté.

— Qu'as-tu exactement à nous offrir ? commença Hiram.

— Minute, pas si vite ! Je veux d'abord l'or de la journée. Et sans cachette, cette fois. Ce sera votre première mise de fonds, pour mes frais…

— Dans le chaudron, derrière le poêle.

— Va chercher, Gerry. Sois sage comme ce matin. Je vous préviens, la maison est dynamitée et mon copain est dehors. Au moindre grabuge, il allume le pétard.

— Tu mourras avec nous.

— Les risques du métier…

Gerry s'exécuta. Big Tom sembla satisfait.

— Passons aux choses sérieuses, à présent. Je placerai un homme armé à la mine, un autre à la maison. Tous deux feront des vérifications. Ils connaissent leur métier. Vous ne pourrez pas leur cacher un petit pois.

Depuis quelques instants, Josah, le visage tourné vers le mur, avait ouvert des yeux immenses. Il sentait le regard de l'homme sur sa nuque. L'autre le surveillait tout en parlant. C'était le moment de profiter de son attention pour le frapper. Le regard de Josah devint brûlant. Tout son corps entra en transe.

Big Tom continuait à parler calmement. Ses sbires, annonça-t-il, prélèveraient leur pourcentage chaque jour.

Il s'adossa contre la porte.

Marqua une pause.

La nuit, il n'y aurait pas de surveillance. Personne à Tagish n'osait marcher sur les plates-bandes de Big Tom.

Le bras de l'homme s'abaissa. Le revolver pointait le sol.

Il y aurait quand même des rondes, la nuit, pour vérifier si on ne travaillait pas en cachette.

Il bafouillait de temps à autre. Son esprit semblait ailleurs.

Il se répétait.

Il finit par se taire.

Sa tête dodelina. Le pistolet tomba. Big Tom s'affaissa le long du mur et s'écroula, tandis que Josah s'était retourné et l'incendiait de son regard halluciné.

La tension était insupportable. Big Tom était agité de convulsions. Il se redressa sur le coude.

Chercha de l'air.

N'en trouva pas.

Retomba inerte.

Josah s'effondra à son tour, assis sur un billot, la tête dans les mains. Des larmes brûlantes ruisselaient de ses paupières closes.

Gerry récupéra le premier. Il bondit, ramassa le revolver, retourna du pied le corps de Big Tom.

Aucune réaction.

Il s'enhardit, posa le canon de son arme sur la tempe du voleur et la main sur son cou.

Il n'y avait plus de pouls.

L'ennemi était mort.

Gerry inséra le revolver dans sa ceinture, contre ses reins, et sortit. On l'entendit siffler pour attirer l'attention du complice de Big Tom.

— Qu'est-ce que tu veux ?

— Viens nous aider. Ton copain est malade.

— Qu'est-ce qu'il a ?

— On a bu du whisky. Il est soûl. Viens m'aider à le transporter dehors.

— Je n'ai pas confiance. Entre d'abord et collez-vous tous contre le mur du fond.

L'homme entra prudemment, prêt à tirer. Trop tard pour se méfier. Josah l'avait déjà pris sous son regard de feu. L'autre titubа, trembla. Son doigt se crispa sous le pontet de la carabine. Le coup partit, fracassant le tuyau du poêle. La suie se mit à voler en tout sens, obscurcissant l'atmosphère.

Un bruit mat.

Le second truand venait de tomber.

Gerry se précipita dehors, raflant la lampe au passage. Hiram le suivit. S'il y en avait un troisième dehors, il s'agissait de le neutraliser avant qu'il n'allume la mèche.

Mais il n'y avait plus personne.

Près du mur latéral, la terre avait été retournée. Hiram creusa avec les doigts. Big Tom n'avait pas menti. Il y avait cinq bâtons de dynamite reliés par une mèche.

De quoi faire sauter la maison et une partie du paysage.

Dans la cabane, Josah se remettait lentement. Les yeux fermés. Mais conscient. Il arriva à dire que « ça allait ». Ses amis l'étendirent, puis traînèrent les corps dehors. Gerry les retourna sur le dos et leur logea à chacun une balle de revolver dans le front. Cette violence inutile fit protester Hiram :

— Tu es fou ? À quoi ça sert ? Ils sont déjà morts !

— Je sais, Hiram, mais maintenant, ils sont morts par balles, comme tout le monde. Ces gars-là sont connus comme des profiteurs. Nul ne nous reprochera de nous être défendus par les armes. As-tu vraiment envie d'aller expliquer au caporal Gibson que Josah les a supprimés avec le regard-qui-tue ? Personne ne nous croira, et il y aura une enquête interminable. Ils nous soupçonneront d'être des empoisonneurs. Crois-moi, il vaut mieux parler le langage des gens du coin : deux gars nous attaquent, on les refroidit, on va faire une déposition et l'affaire est classée. Ce n'est sûrement pas la première fois que ça arrive.

— Après tout, tu as peut-être raison…

— Mais bien sûr que j'ai raison ! Va plutôt voir si Josah n'a besoin de rien.

— Et toi ?

— Moi, je reprends l'or dans la poche de Big Tom, je vais le déposer, et je reviens avec un mulet pour trimballer les morts.

Le calcul de Gerry Lamarche s'était avéré juste. Les cadavres avaient été déposés dans la rue, devant le magasin général, et l'oncle Gus était venu les examiner d'un air blasé.

— Je les connais. Big Tom et Little Joe. La grosse brute et le méchant freluquet. Une belle paire de crapules. En tout cas, voilà deux coups de revolver dignes d'un champion. C'est toi qui as fait ça ?

— Ils voulaient nous racketter.

— Félicitations, fiston. Tu viens de te faire beaucoup d'amis à Tagish. Tu ferais mieux de me laisser le revolver, pour l'enquête. Le caporal Gibson sera ici demain. Il voudra examiner l'arme. Il te la rendra ensuite.

Deux heures plus tard, Gerry était de retour.

— Vous auriez dû voir ça, les gars. Ils étaient tous autour de moi, ils m'ont invité à l'hôtel. Il a fallu que je répète dix fois mon histoire ! Ils me tapaient sur l'épaule, ils me serraient la main, ils m'offraient un verre... Il y en a même un qui voulait me payer le repas et me garder pour la soirée, mais la squaw n'a pas voulu. Je ne sais pas pourquoi, mais elle n'a pas l'air de m'aimer, celle-là !

— La squaw ?

— La patronne de l'hôtel, une vieille Indienne. Elle ne parle pas un mot de français. Elle se fait traduire par Peau d'Ours, un Indien aussi, qui a toujours un bonnet en peau d'ours sur la tête. On m'a dit son nom, à la squaw. Elle s'appelle Celina-quelque-chose.

— Celina Barruga ? lança Josah en bondissant sur ses pieds.

— Barruga, c'est ça ! Tu la connais ?

— Celina Barruga n'est pas Indienne, mais Italienne. Et c'est ma grand-mère. Méfiez-vous, elle est très dangereuse.

— Charmante famille ! Je te crois, qu'elle est dangereuse ! À mon avis, c'est elle qui était derrière le racket de protection.

— Tu en es sûr ?

— Pas vraiment, mais je lis entre les lignes. Quand j'ai déposé les cadavres, au village, l'oncle Gus a fait venir la squaw. Elle est arrivée avec Peau d'Ours, furieuse. Gus lui a dit que puisque les deux macchabées étaient ses employés, elle devait les mettre de côté et les tenir à la disposition de la police. À l'hôtel, elle n'a pas cessé de me foudroyer du regard. J'ai eu peur qu'elle ne connaisse ton truc du regard-qui-tue.

— Méfie-toi, Gerry. Il n'est pas exclu qu'elle le connaisse.

— Pourquoi ne m'a-t-elle pas tué, alors ?

— Je crois avoir la réponse à ta question, intervint Hiram. Elle veut notre or d'abord. Elle compte bien nous tuer ensuite.

— Tu as sûrement raison, conclut Josah. Cela correspond parfaitement à la triste mentalité de ma chère grand-mère…

15

Ce jour-là, mon arrière-grand-mère arriva chez Chamane, le visage renfrogné.

— J'ai eu un cauchemar terrible cette nuit.

— Je sais quelle inquiétude te fait venir ici, Poanda. Je t'ai devancée.

Dans la maisonnette, un plat de terre cuite reposait sur la table. Un peu du liquide qui en tapissait le fond frissonna quand la porte se referma.

— L'eau de la fontaine ?

— Oui, Poanda. En la regardant, j'ai eu la vision des trois garçons. Ton fils est bien vivant, ainsi que ses deux compagnons. Josah a su se défendre en utilisant le regard-qui-tue.

— Contre ma mère ?

— Non, contre des malfaiteurs à sa solde.

— Désormais, je viendrai aux nouvelles tous les jours. Si la guerre est déclarée entre Celina et Josah, il y aura d'autres affrontements.

Le caporal Gibson était long et maigre. Comme ces épinettes qui ont décidé de pousser trop près de la toundra et qui n'ont jamais trouvé assez de terre, par-dessus la glace, pour y acquérir une quelconque corpulence. On les choisissait grands, dans la police montée. Il fallait qu'ils en imposent, car c'était leur seule arme, au fond. Les policiers n'étaient qu'une poignée, dans le Nord-Ouest, et chacun d'entre eux devait surveiller un territoire aussi vaste qu'une petite province.

Gibson était dans la quarantaine. La moustache et le cheveu blancs, mais on devinait qu'il avait dû être blond. On ne l'avait jamais vu dégainer sa carabine Winchester 30-30 à levier. L'arme était sagement rangée dans son étui, qui restait accroché à sa selle. Il ne la sortait que pour la nettoyer, à chacune des étapes de son perpétuel voyage.

Les hasards de l'affectation lui avaient fait hériter le Klondike où cent policiers n'eussent pas été de trop. Mais il en fallait plus pour le décourager, car Gibson avait compris l'âme de la ruée vers l'or. C'était un homme du Nord. Un homme de solitude, de neige et de forêt.

On le voyait régulièrement à Tagish. Il descendait au magasin général, où l'oncle Gus lui offrait le gîte et le couvert.

Gibson savait que l'harmonie du Klondike reposait sur un principe bien simple. L'or devait sortir du sol et profiter librement à celui qui l'avait trouvé. Quand quelqu'un en voulait plus que sa part, les prospecteurs faisaient justice eux-mêmes de manière efficace et expéditive, afin de pouvoir retourner au plus vite à leur occupation. Il y avait donc, à côté de la police officielle, dépourvue d'hommes et de moyens, une police de fait. Une police sans détour, nombreuse et déterminée. Gibson avait la sagesse de l'accepter ; c'était un philosophe, à sa manière.

Quand il fermait prudemment les yeux sur l'un ou l'autre des agissements de cette police parallèle, il en laissait un légèrement entrouvert, et par cette fente ténue, il voyait, comprenait, enregistrait. Sa tolérance envers les choses qu'il ne pouvait changer lui valait l'estime de tous. On se confiait à lui, on écoutait ses conseils. Il n'était jamais perçu comme un ennemi, car il était le seul ici que l'or ne concernait pas.

Ce jour-là, il ne prit pas le temps de bouchonner son cheval ni de brosser son uniforme. Il y avait cette affaire de racket qui s'était terminée par une tuerie.

Encore une…

Après avoir examiné le revolver et les corps, il prit le chemin de la nouvelle mine. Gerry était de garde.

— Bonjour, caporal. Vous venez pour l'enquête, je suppose ?

— Bonjour. Tu es Gérard Lamarche, n'est-ce pas ?

— En effet. C'est moi qui ai tiré sur les deux gars.

— Bon débarras. J'ai rapporté le revolver. Il est à toi ?

— C'était celui de Big Tom, avant que je le retourne contre lui.

— Garde-le, puisque tu en fais meilleur usage que lui, conclut le policier en tendant l'arme par le canon. J'aimerais m'entretenir avec ton équipe.

— Vous trouverez Josah Duclos dans la cabane, là-haut. Hiram McGuire est dans le trou. Je vais le chercher et je vous rejoins.

Le caporal refusa le whisky proposé par Gerry, qui offrait volontiers un verre, mais accepta une tasse de thé. Le jeune homme prépara l'infusion, la parfuma à la surette, qui pousse un peu partout et remplace le citron, et y émietta du sucre d'érable. Gibson y goûta, remercia d'un hochement de tête, sortit de sa poche un carnet et un crayon.

— Parlons d'abord de la mort des deux hommes qui se faisaient appeler Big Tom et Little Joe. Je possède à leur sujet un important dossier, auquel il ne manque qu'un flagrant délit. Les témoignages sont unanimes à Tagish : ils vivaient de racket, de braquage et d'intimidation. Je vais donc conclure à la légitime défense et fermer l'enquête. Cet après-midi, je donnerai l'ordre à madame Barruga de faire enterrer les corps.

— Bonne nouvelle, apprécia Gerry.

— Ne te réjouis pas trop vite, mon gars. L'affaire est loin de son dénouement.

— Ah bon ! Et pourquoi ? Il y en a d'autres dans la bande ?

— C'est fort probable, mais je l'ignore. Une chose est certaine, même si je n'en ai pas la preuve : madame Barruga est à la tête du racket.

— Ça ne me surprend pas d'elle, approuva Josah.

— Tu la connais ?

— C'est ma grand-mère. Je ne l'ai pratiquement jamais vue, mais je connais sa réputation. À Bois-Rouge, on la tient pour sorcière. On lui a interdit l'accès du village. Elle vivait sur la terre voisine de celle de mes parents, avec son frère. Ils ne se parlaient pas, elle habitait l'ancienne écurie. Mon grand-oncle dit qu'il en a peur. Et ma mère aussi. Elle m'a confié que Celina a empoisonné mon grand-père algonquin pour s'en débarrasser.

— Donc ce n'est pas nouveau. Ici aussi, tout le monde craint la squaw. On prétend qu'elle est experte en poisons, et qu'elle jette des sorts. Personne, à Tagish, n'ose lui parler, à part Peau d'Ours, son âme damnée.

— D'où vient-il, celui-là ?

— De l'Est. Du Bas-Canada, sans doute. C'est un Innu. Il parle le français, comme les gens de son peuple, et un peu d'anglais. Elle se l'est attaché comme interprète. Au fait, quelle langue parle-t-elle ?

— Seulement l'algonquin et un dialecte italien. Cela explique effectivement la présence de Peau d'Ours.

— Peut-être, mais je pense que Peau d'Ours est beaucoup plus qu'un interprète. Une espèce d'exécuteur des basses œuvres…

— Lesquelles, au juste ?

— Impossible d'être plus précis. Les témoignages sont vagues. Tous se rapportent à la pratique de la sorcellerie.

— Les témoignages disent vrai, gronda Josah d'un air sombre. Vous feriez bien de les prendre au sérieux.

— Mon garçon, dans mon métier, on croit surtout à la loi. S'il fallait qu'en plus de ma tâche, je m'occupe de ces balivernes…

— Vous avez tort, caporal. Je n'essaierai pas de vous convaincre, mais méfiez-vous quand même.

— En effet, tu ne m'as pas convaincu, mais je suivrai néanmoins ton conseil, termina le policier en vidant sa tasse. Merci pour le thé, Gerry.

Gibson se leva, ouvrit la porte et sur le seuil, se retourna, comme s'il avait oublié quelque chose.

— Avant que je parte, je voudrais éclaircir un point. Comment la Barruga est-elle arrivée jusqu'ici ? Nul ne l'a vue en Alaska ni à Chilcoot Pass.

— Elle est peut-être venue par l'intérieur...

— Non, impossible. Je me refuse à croire qu'une femme de plus de soixante ans ait pu traverser à pied tout le Canada et une bonne partie du Yukon.

— Elle a peut-être pris le train du Canadian Pacific Railway entre Montréal et Vancouver ?

— Peut-être. Mais il faut de l'argent pour cela. Elle et Peau d'Ours n'avaient pas le sou en arrivant. Et Vancouver est encore loin du Klondike. L'accès est très difficile. Je connais bien cette région et, croyez-moi, seul un coureur des bois jeune et expérimenté peut y arriver.

— La sorcellerie, peut-être ? suggéra Gerry, un peu malicieux.

Le caporal sourit de la plaisanterie, réfléchit un instant, fit la moue :

— Je finirai par y croire, si ça continue. L'histoire est mystérieuse, en tout cas. Quand le premier prospecteur est arrivé ici, il n'y avait personne à dix milles à la ronde. Un jour il a trouvé de l'or. Le lendemain, la squaw était là, sortie d'on ne sait où. Avec Peau d'Ours. Sans bagages, sans provisions, sans accuser la fatigue d'un long voyage. Les plus crédules disent qu'elle a le don de se déplacer en volant, à la vitesse des oiseaux !

— Ne rejetez pas trop vite cette hypothèse, caporal, elle pourrait se vérifier.

— Non, franchement, Josah, ma raison s'y refuse ! Mais il y a plus étrange. Deux jours après son arrivée, le premier prospecteur a filé, abandonnant son claim et tout son or à la Barruga. C'est elle qui a fait construire le magasin, avant de le céder à l'oncle Gus, et l'hôtel, dont elle a fait depuis son quartier général. D'après Gus, elle est immensément riche. Mais comment se procure-t-elle son or ?

16

Celina considérait d'un œil méprisant les deux corps allongés derrière son hôtel. Elle se retourna vers Peau d'Ours qui attendait les ordres, impassible.

— Va me chercher du bois mort, empile-le au fond du terrain, et jette ces deux imbéciles sur le tas.

— Tu veux les brûler?

— Tu préfères creuser deux trous?

— Non.

— Alors fais ce que je te dis sans discuter. Je n'aime pas les questions. Viens me chercher quand ce sera prêt.

L'Innu s'acquitta de sa tâche après avoir retiré les bottes et les ceintures des deux morts, et leur avoir soigneusement fouillé les poches. Puis il revint devant Celina. Sans un mot, bras croisés, comme un serviteur stylé qui attend patiemment qu'on le sonne.

Celina comprit le message tacite et se rendit chez son voisin, l'Amérindien sur les talons. L'oncle Gus était en conversation avec Gibson.

— Je vous convie dans cinq minutes aux funérailles de Big Tom et Little Joe.

Et elle tourna les talons tandis que Peau d'Ours s'avançait à son tour pour traduire l'invitation en anglais. Les deux hommes se consultèrent du regard tandis que l'homme de main s'éclipsait.

— Ça ressemble à une convocation, dit l'oncle Gus. Que mijote encore cette vieille sorcière ?

— Allons-y et nous le saurons, proposa Gibson.

— Celle-là, le jour où vous m'en débarrasserez, je donnerai dix pour cent de mes revenus à la police montée.

— Ce n'est pas pour demain, sourit le caporal. Il faudrait être aussi sorcier qu'elle.

Les deux hommes pénétrèrent dans le terrain vague qui formait l'arrière-cour de l'hôtel. Celina était là, contemplant le bûcher d'un air curieusement recueilli. Quiconque ne l'eût pas connue eût pensé qu'elle adressait une dernière prière aux défunts.

— Tu vas les brûler? s'étonna l'oncle Gus, par l'intermédiaire de Peau d'Ours.

— Oui. Tu es contre?

— Non, mais ce n'est pas la coutume.

— La loi le permet?

— Elle ne l'interdit pas, précisa le policier.

Celina n'en demanda pas plus. Elle fixa le bûcher avec attention.

Une sourde conflagration.

En un coup, tout le bois se mit à flamber, comme un chiffon imbibé d'alcool auquel une étincelle aurait bouté le feu.

— L'huile à lampe est rare, reprocha Gus. Combien en as-tu versé là-dessus?

— Pas une goutte.

— C'est quoi, le truc, alors?

— Le truc, c'est mes yeux. Quand je veux qu'une chose brûle, je la regarde et elle brûle.

— Si c'est un avertissement, dit Gibson, sans se démonter, j'aimerais savoir à quoi il rime.

— Ce n'est pas un avertissement, répondit la squaw. Simplement une démonstration. Ne t'a-t-on pas rapporté que j'étais une sorcière ?

— Je ne crois pas aux sorcières.

— À ta guise ! Mais tu crois au meurtre, je suppose ?

— Où veux-tu en venir ?

— Josah Duclos et sa bande ont assassiné deux de mes employés. Je réclame justice.

— J'enregistre la plainte. L'affaire suivra son cours. Mais les gens disent que Big Tom, avec l'aide de Little Joe, pratiquait l'intimidation.

— Il voulait seulement les protéger. Mon petit-fils a trouvé le meilleur filon de la région. Nous avons tout intérêt à ce que l'or circule librement.

— Vers la poche de qui ?

— Vers celle de ceux qui savent le gagner. L'or que je gagne avec mon hôtel suit le même chemin que celui des prospecteurs : le coffre de l'oncle Gus. Mes comptes sont à jour, tu peux vérifier, si tu veux.

— Je m'en occuperai.

— En attendant, préviens la bande à Duclos de laisser mes hommes tranquilles, sinon j'aurai leur peau.

— On appelle ça une menace de mort.

— Appelle ça comme tu voudras.

— Essaie seulement de ne pas les empoisonner, comme ton mari algonquin.

Celina se tourna vers le policier et le dévisagea de son épouvantable regard. Il soutint le défi sans sourciller. Elle mit fin à l'entretien :

— Il y a des armes bien plus intéressantes que le poison, à Tagish.

Peau d'Ours, qui venait de traduire à une vitesse infernale un feu croisé de répliques, s'écarta du brasier dont l'odeur de chair brûlée devenait écœurante. Un enfant vint glisser sa main dans la sienne.

C'est ici, à Tagish, que se sont rejoints les divers affluents de mon histoire. D'un côté, la branche adoptive de ma famille, représentée par Celina et Josah. De l'autre, ce Peau d'Ours, dont personne ne savait encore s'il était bon ou mauvais. Et surtout, ce petit garçon qui allait un jour devenir mon père.

Une certaine tension régnait autour des trois claims enregistrés aux noms de Duclos,

Lamarche et McGuire. L'hiver s'était imposé, précoce et brutal. Les trois associés ne creusaient plus. Ils avaient engagé des hommes pour le faire à leur place et se contentaient d'exercer une constante surveillance armée. Les deux nouvelles mines avaient été bien amorcées avant la mauvaise saison, mais le travail était quand même fort ralenti par le terrible gel qui rendait la terre plus dure que le roc.

Les trois mineurs avaient été triés sur le volet, avec l'aide de l'oncle Gus et du caporal Gibson. On s'était assuré qu'ils n'avaient aucune complicité avec la squaw, ni d'antécédent de violence. C'étaient d'honnêtes travailleurs, possédés, comme tout un chacun, par la hantise de la couleur dorée.

Pour s'attacher un homme, au Klondike, il fallait lui permettre de s'enrichir. Et les trois employés, effectivement, s'enrichissaient assez pour n'avoir pas le désir d'aller chercher ailleurs. Ils recevaient un généreux pourcentage et bénéficiaient, en cas de malchance, d'un minimum garanti. Josah et ses associés appliquaient un principe que fort peu, ici, avaient compris. Quand on sait partager intelligemment sa bonne fortune, on s'enrichit davantage encore.

Bien sûr, la surveillance était draconienne. L'horaire devait être respecté, quoi qu'il arrive. Les hommes étaient fouillés matin et soir. Le matin, pour s'assurer qu'ils n'avaient pas d'arme. Le soir pour vérifier qu'ils ne cachaient pas d'or sur eux.

Les hommes acceptaient sans rechigner.

L'amour de l'or apaise bien des humiliations.

On travaillait sept jours par semaine. Quand un homme était malade, on le remplaçait, le temps qu'il guérisse, et son emploi lui demeurait acquis. On lui permettait même de prendre un jour de congé de temps à autre. À ses frais, toutefois, pour éviter les abus.

Ces conditions, à la fois dures et humaines, étaient inhabituelles dans le cadre de la ruée vers l'or, où le chacun pour soi était la règle. Pourtant, les méthodes et la forte organisation de Josah et de ses associés attirèrent l'admiration de tous.

On ne fondait pas de compagnie, dans ce pays où tout était provisoire, mais les gens avaient pris l'habitude d'appeler l'entreprise des trois associés la « Duclos & Cie ».

Un printemps qu'on n'espérait plus se manifesta un jour.

L'hiver s'était déroulé sans heurt. Plus personne n'avait cherché à menacer la Duclos & Cie. Même Celina s'était tenue coite. Josah avait eu beau prétendre qu'elle attendait son heure, Gerry s'était refusé à tout pessimisme, et Hiram, prudent, avait prôné la vigilance. « On avisera quand elle se montrera ! »

Dès les premiers beaux jours, la compagnie avait complètement changé de visage. Gerry, qui aimait le prestige, avait posé sur la cabane une gigantesque pancarte annonçant le siège de la Duclos & Cie. Hiram, plus pratique, avait procédé à des agrandissements. Une seconde construction logeait à présent les employés. Une troisième bâtisse servait de bureau, de salle de fouille, de lieu de réunion. Elle arborait un écriteau, plus modeste que celui de Gerry : administration. La compagnie, imaginée par la rumeur publique, avait maintenant pignon sur rue, à défaut d'une existence officielle.

Dès le printemps, les trois claims furent mis en vente. Le prix était élevé, mais les conditions intéressantes. Vingt-cinq pour cent jusqu'à l'expiration de la dette. Le tout avait été calculé pour que l'acheteur puisse devenir propriétaire en un an.

Le délai semblait long, dans un Klondike où tout le monde était pressé.

Mais on en voyait le bout.

Une année pour payer, une autre pour devenir riche, revendre et rentrer chez soi fortune faite.

Les acheteurs se précipitèrent. Une semaine plus tard, tout était vendu.

Les trois acheteurs étaient les employés de la Duclos & Cie, à qui on avait accordé une priorité. Deux d'entre eux continuèrent à vivre dans le logement des mineurs.

Le troisième avait payé comptant, ce qui ne laissa pas d'éveiller la suspicion du toujours méfiant Hiram McGuire. Le soir même, il s'en ouvrit à ses amis.

— Il y a du Barruga là-dessous, estima-t-il.

— Qu'est-ce que tu vas chercher ? s'insurgea Gerry, toujours ennemi des situations compliquées.

— Ce type-là, John Paterson, n'est pas net. On le voit un peu trop souvent à l'hôtel.

— Il a bien le droit de se détendre !

— Il fait plus que se détendre : il flambe. Il joue son or au poker.

— Et puis même ! Qu'est-ce que ça change ? Il a payé !

— Je parierais que Paterson n'a pas un sou. Je le soupçonne de s'être fait plumer par les joueurs professionnels de la squaw. J'en ai parlé avec l'oncle Gus et Gibson ; ils partagent mon impression.

— Hiram a peut-être raison, j'en ai peur, commenta Josah. Si John s'est laissé dépouiller par Celina, c'est elle qui a financé l'achat du claim.

— Encore une fois, qu'est-ce que ça change ? protesta Gerry.

— Cela change une chose : la Barruga a maintenant un pied à côté de notre maison.

— Il faut en avoir le cœur net, trancha Hiram. Allons chercher John et questionnons-le.

— Il ne viendra pas s'en vanter !

Gerry se trompait.

Deux whiskies et trois questions plus tard, John Paterson crachait le morceau. Il le fit même volontiers, non sans une certaine arrogance :

— Eh bien oui ! C'est la squaw qui me finance ! Je lui dois des sous. Elle a promis d'effacer mon ardoise si j'achetais le claim. De plus, elle ne me prend que vingt pour cent ! Je n'allais pas laisser passer une aussi belle occasion de me remettre à flot ! Ça me coûte moins cher qu'avec vous, et je ne dois plus un sou à l'hôtel !

— Tu t'es fait avoir, gronda Gerry. Elle aura ton claim, et ta peau avec !

— Oui, tu t'es fait avoir ! dit Josah. La Barruga s'est servie de toi. Et elle t'éliminera quand elle n'aura plus besoin de toi ! Tout ce qu'elle cherche, c'est à se rapprocher pour nous nuire. Tu as ouvert la bergerie au loup, John !

— Je n'ai rien ouvert du tout ! J'ai acheté mon claim, je l'ai payé, le reste me regarde.

On n'a plus revu John Paterson à Tagish.

Le lendemain, un autre homme est venu prendre sa place…

17

Depuis la vente des claims, Josah ne participait plus à la gestion de l'entreprise. Il prospectait, avec toute la prudence qu'imposait sa réputation. Il était le meilleur dans sa spécialité, les gens le savaient. Cela lui valait bien des curiosités encombrantes.

On le suivait régulièrement.

Il se sentait constamment espionné.

En fait, c'était une nouvelle espèce de parasites qui lui tournait autour.

Les uns l'observaient, cherchant à connaître son truc.

D'autres l'épiaient dans l'espoir de le prendre de vitesse et d'aller enregistrer le prochain claim à sa place.

Excédé, Josah finit par en endormir un avec son regard. Le drôle mit dix jours à s'en remettre ! L'incident tempéra un peu l'assiduité des autres, mais ne fit que confirmer une certaine rumeur qui voulait que Josah fût sorcier.

Il faut dire aussi que l'on savait, à présent, qu'il était le petit-fils de la Barruga.

Un autre, plus téméraire, le menaça d'une arme.

Celui-là, Josah l'élimina pour de bon.

Adoptant la technique de Gerry, il prit le fusil de sa victime et lui plaça une décharge de chevrotines dans le corps, avant de l'expédier au village pour enquête.

Une fois encore, le caporal Gibson conclut à la légitime défense.

Une fois encore, Celina mit le feu au bûcher...

Depuis le dernier incident, la paix était revenue et Josah en avait profité pour chercher sans relâche. Deux nouveaux claims étaient déjà enregistrés. L'un au nom de Lamarche, l'autre à celui de McGuire. Il n'avait donc plus qu'à trouver le sien, et le cycle pourrait recommencer.

La fortune des trois hommes était déjà assurée.

Restait à la consolider.

On n'usait pas sa jeunesse au Klondike pour devenir riche.

Mais pour devenir très riche.

Dans un an, l'argent de la vente des premiers claims serait encaissé et trois nouvelles mines, en pleine exploitation, seraient mises en vente.

On était en 1898. Le Canada était en train de devenir un vrai pays. Avec une vraie politique, un vrai gouvernement. Monsieur Wilfrid Laurier multipliait les liens commerciaux avec la Grande-Bretagne tout en consolidant âprement l'autonomie du Dominion. On projetait de créer les provinces de Saskatchewan et d'Alberta. Le Klondike était en train de devenir la dernière terre de pionniers au pays.

Josah, Gerry et Hiram avaient décidé de regagner Bois-Rouge et la civilisation au premier printemps du nouveau siècle. Ils étaient très riches et commençaient à en avoir assez du Klondike.

Josah, par la pratique de la prospection, avait développé à l'extrême son don. Il ne scrutait plus seulement le sol à ses pieds. Sa vision mystique des choses s'étendait à presque toute la région. Et Josah savait maintenant qu'il y avait moins d'or au Klondike qu'on ne l'avait pensé. Il était temps de prendre sa part et d'abandonner, avant que la prospection devienne trop aléatoire. Dans cinq ans au plus, les ours et les loups auraient repris possession de leur domaine ancestral.

En attendant, il restait encore de l'or pour qui savait le trouver.

Et Josah était le seul, à Tagish, à le trouver à coup sûr.

Il venait d'ailleurs de repérer le troisième gisement de la saison. Il ne prit aucune note, ne manifesta aucune joie. Il ne marquerait l'endroit sur la carte que dans le bureau de l'oncle Gus.

On n'est jamais trop prudent.

Il mémorisa soigneusement l'endroit en faisant mine de prendre son casse-croûte, puis continua à prospecter pour donner le change à d'éventuels indiscrets.

Il planta même deux ou trois piquets à des endroits totalement dépourvus d'intérêt. Si les parasites les trouvaient, l'oncle Gus enregistrerait encore quelques claims de pacotille.

Demain, Josah reviendrait avec un papier en règle, une pancarte et les outils pour édifier la clôture. Il serait trop tard pour lui voler sa trouvaille.

Effectivement, dès l'aube, il était à l'ouvrage. Bientôt quatre perches d'épinette délimitèrent l'espace où lui seul, désormais, pouvait poser le pied. Une pancarte exhibait le papier officiel. Les intempéries auraient vite fait de le rendre illisible, mais cela n'aurait plus aucune importance. Tout le monde saurait que ce claim-là appartenait à la Duclos & Cie et qu'on risquait la mort à l'approcher de trop près.

Josah entreprit ensuite de nettoyer l'endroit de ses broussailles et de ses cailloux. Cet après-midi, il montrerait à son nouvel employé où commencer à creuser.

Un bloc de roche de six pieds était couché juste au mauvais endroit.

Impossible de le déplacer.

Il fallait dynamiter.

C'était au fond une bonne chose, car l'explosion, en plus de détruire le monolithe, affaiblirait les couches de roche et de terre au-dessus du filon. L'excavation serait plus facile.

Josah se détourna de son travail pour extraire de son sac le bâton d'explosif.

Quand il revint au rocher, Celina y était assise.

— Qu'est-ce que tu fais là ? protesta Josah, brutalement arraché à sa concentration.

— Je suis venue en amie.

— Ça m'étonnerait ! Comment es-tu arrivée jusqu'ici ? Tu m'as suivi ?

— Je n'ai pas besoin de te suivre pour te voir. Et je n'ai pas besoin de marcher pour me trouver où je veux être.

— Assez de sorcellerie ! J'ai du travail. Retourne d'où tu viens, puisque tu sais si bien te déplacer.

— Je veux d'abord parler affaires. Te proposer une association.

— J'en ai déjà une, et elle me suffit amplement.

— Oui, je sais, la Duclos & Cie. Ce n'est même pas officiel. Pas très sérieux, tout ça.

— C'est sérieux à un tel point que je suis l'homme le plus riche de Tagish !

— Je suis bien plus riche que toi.

— Eh bien, tant mieux pour toi !

Josah se tut soudain. Ce qu'il venait de comprendre lui coupait le souffle. Depuis quelques instants, il parlait avec Celina sans interprète ! Sa grand-mère devait lire dans ses pensées, car elle aborda le sujet.

— Tu es bien mon digne petit-fils. Avec toi, je n'ai pas besoin de m'encombrer de cet imbécile de Peau d'Ours !

— Encore un de tes tours de sorcellerie !

— Je ne fais rien sans elle. Tout est tellement plus facile, quand on a le pouvoir ! Si cette vieille chipie de Chamane avait voulu me l'enseigner, comme elle me l'avait promis, je n'aurais pas passé le plus clair de ma vie à chercher. Je serais devenue riche à Bois-Rouge, sans être obligée de venir m'enterrer dans ce trou perdu.

— Il n'y a pas d'or, à Bois-Rouge.

— Oh si ! La seule différence, c'est qu'il est dans la poche des autres ! Plus pour longtemps. J'ai appris ici comment manipuler les gens afin de les soulager de leur richesse.

— Mon or, je le gagne honnêtement.

— Je te signale que tu as déjà tué trois de mes hommes…

— Légitime défense.

— C'est ce qu'a déclaré Gibson. Un borné, celui-là. Il ne défend que ce qu'il comprend, et il ne comprend pas grand-chose. Oh ! Mais je ne t'en veux pas du tout ! Big Tom et les autres étaient des bons à rien dont je pensais me débarrasser. Et de toute manière, leur mort m'a enrichie...

— Tu n'as donc aucune morale ?

— Aucune. L'immoralité apporte la liberté. La liberté apporte le pouvoir. Et le pouvoir apporte la richesse, qui apporte plus de liberté encore. Si j'avais eu un tant soit peu de morale, je serais encore en train de gratter des peaux avec La Belette. Ou à Bois-Rouge. Ici, au moins, je ne suis plus obligée de gagner ma vie comme une minable. Et puis j'en ai eu assez de dépendre d'Angelo. Le pauvre ! Il est terrorisé ! Il a constaté que j'ai l'intéressant pouvoir de mettre le feu à tout ce que je regarde.

— Je ne te crois pas. Je ne suis pas aussi crédule que mon oncle Angelo !

— À ta guise. Demande à tes copains Gibson et l'oncle Gus ce qu'ils en pensent. Je leur ai fait une petite démonstration de mes talents.

— En attendant, j'en ai assez de t'entendre cracher ton venin. Dis-moi ce que tu es venue faire et fiche-moi le camp !

— Tu n'as pas encore compris ? Serais-tu aussi stupide que les autres ? Mais je veux l'or, Josah !

— Prends tout l'or que tu veux loin de moi, je m'en fiche éperdument. Mais tu n'auras pas le mien !

— Je le sais, Josah. Je le sais. Je n'essaierai plus, tu es trop fort pour moi. Tu vois, je suis bonne joueuse, et je connais mes faiblesses. Ce que je t'offre, c'est de partager. Moitié-moitié ! À nous deux, nous pouvons devenir propriétaires de tout l'or de Tagish. Ensuite, tu te débarrasses de tes complices, moi des miens, et on rentre à Bois-Rouge. Là-bas aussi, on partagera. Après l'or de Tagish, on partagera le territoire de Bois-Rouge. Je te laisse le village et tout ce qui est à l'ouest du premier rang. L'est sera mon domaine.

— Tu oublies que ma maison est à l'est.

— Tu auras les moyens de déménager.

— Pas question, parce qu'à l'est, il y a aussi…

— Ah oui ! J'allais oublier cette chère Chamane ! Bah ! Elle saura bien se transporter une nouvelle fois avec sa fontaine, puisque vous semblez être inséparables !

— Chamane restera où elle est. Et tu ferais bien d'en faire autant en regagnant ton hôtel borgne.

— Tu n'es pas très affectueux avec ta grand-mère…

— Ma vraie grand-mère, c'est Chamane. Et une fois pour toutes, je garde mes associés, je ne partage rien avec toi, et tu me laisses travailler en paix !

— Rien ne sert de t'énerver, mon petit. Je vais te laisser, puisque tu le désires. Réfléchis bien à ma proposition. Je reviendrai te voir quand tu seras calmé.

Celina se leva et, sans un regard pour Josah, se dirigea vers le boisé qui entourait le claim. Elle n'y pénétra pas vraiment. Sa silhouette s'estompa et se fondit en un instant dans la pénombre forestière. Était-ce donc vrai qu'elle avait le pouvoir de se transporter d'un lieu à l'autre par la seule force de sa pensée ?

Et comment avait-elle pu entretenir toute cette conversation alors qu'elle n'avait aucune langue en commun avec son interlocuteur ?

18

L'atmosphère était au pessimisme, ce soir-là, dans le bureau de la Duclos & Cie. Les avis, partagés. Josah ne voulait rien entendre de la proposition de Celina. Hiram recommandait plutôt la prudence. Gerry, lui, suggérait de liquider les affaires au plus tôt et de filer avant que la situation tourne au vinaigre.

— Tu me surprends, dit Josah. D'habitude, tu n'es pas si impressionnable.

— Ce n'est pas le cas. J'en ai tout simplement assez de ce pays de fous. Notre fortune est faite, que pouvons-nous désirer de plus ? Vendons tous nos avoirs, faisons transférer notre argent dans une banque, à Fairbanks ou à Vancouver, et à nous la belle vie à Bois-Rouge !

— C'est très faisable, estima Hiram, mais en précipitant notre départ, nous allons perdre de l'argent. Quand les acheteurs verront que nous sommes pressés, ils feront dégringoler les prix.

— Tu es trop gourmand !

— Pas du tout. Je suis venu ici pour m'enrichir, et je n'abandonnerai pas un sou derrière moi.

— Calmez-vous, les gars, intervint Josah. Ne voyez-vous pas que vous êtes en train de jouer le jeu de Celina ? Elle serait bien aise d'apprendre qu'elle a réussi à semer la zizanie entre nous !

— Eh bien, propose quelque chose, alors !

— Je vais faire comme toi, d'habitude, Gerry : prêcher l'optimisme. Un optimisme que tu commences à oublier depuis quelques instants.

— Je te l'ai dit, j'en ai assez !

— Je n'aime pas vous le rappeler, mes amis, mais souvenez-vous que jusqu'ici, c'est moi qui ai trouvé tous les filons. Et c'est moi qui ai fait échouer toutes les tentatives de Celina pour nous escroquer. Elle essaie une nouvelle tactique, je la déjouerai une fois de plus. Et nous continuerons à réaliser nos plans comme prévu. Au printemps 1900, nous serons chez nous. Et sans renoncer à un seul sou, comme dit Hiram.

— Penses-tu vraiment pouvoir tenir tête à la Barruga indéfiniment ?

— Je n'en doute pas une seconde ! Si elle était plus forte que moi, elle n'enverrait pas tout le temps ses hommes de main nous menacer. Elle aurait déjà volé notre or et nous serions morts ou pauvres. Croyez-moi, les gars, vous êtes sous ma totale protection.

— Alors comme ça, je suis ton homme ! jubila Gerry, ragaillardi.

— Sois quand même prudent, modéra Hiram.

J'ai beau me dire, en écrivant ces lignes, que le lecteur sait que mon grand-père Josah va s'en tirer, puisque je suis là pour raconter son histoire. Il reste qu'à la suite de la prochaine péripétie de mon récit, j'ai bien failli ne jamais exister. Les habitants de Tagish ont d'un coup été touchés par un imprévisible fléau : celui de la rage destructrice.

Une semaine avait passé. Le temps s'était adouci, les bourgeons éclosaient partout et il faisait bon travailler dehors, après l'hostilité de l'hiver. L'enthousiasme était revenu dans le trio et l'exploitation allait bon train. Les trois nouveaux claims avaient commencé à produire et les hommes, voyant la fin de leurs labeurs, redoublaient d'activité. Encore deux hivers et le Klondike ne serait plus qu'un souvenir.

Un souvenir de riches.

Josah était de garde au nouveau claim. Le calme régnait, mais mon grand-père restait vigilant. Il était armé d'un fusil Remington à cinq coups et d'un revolver, glissé dans sa ceinture, contre son dos. Le moindre bruit venant de la forêt lui faisait mettre le doigt sur la détente. Un papillon n'eût pas approché sans se faire repérer.

Pourtant, il sentait une présence derrière lui.

Il se retourna.

Celina était là.

Une fois de plus, elle avait franchi les frontières du claim sans se faire annoncer.

— Je t'avais dit de ne plus mettre les pieds ici.

— Je suis venue chercher ta réponse.

— Ma réponse est non. Définitivement NON ! File, maintenant, ou je me charge de te renvoyer d'où tu n'aurais jamais dû partir.

— Et comment t'y prendras-tu ? En m'aspergeant d'eau bénite, je suppose ?

— Arrête de me provoquer, sorcière. Tu oublies que j'ai plus de pouvoir que toi.

— Je suis curieuse de voir ça !

— Mon arme ne demande qu'à tirer, et si ça ne suffit pas, j'ai le pouvoir que tu convoites tant : le regard-qui-tue !

— Essaie toujours !

Josah avait les yeux grand ouverts. Toute sa puissance, attisée par la haine, était concentrée sur son ennemie. La Barruga continuait de sourire, narquoise. Il savait déjà qu'il n'y arriverait pas. Il ne fallait pas qu'il s'épuise inutilement.

Il pressa la détente, à bout portant.

Les chevrotines se perdirent en crépitant dans la forêt. Celina éclata de rire, hystérique, montrant tout l'éclat de ses dents carnassières. L'écho de la détonation n'avait pas fini de rebondir entre les arbres, que déjà sa silhouette s'effaçait comme une volute de fumée.

Hiram et Gerry accourent, alertés par le coup de feu. Un bref conciliabule s'engage.

— Sur qui as-tu tiré ?

— La Barruga.

— Où est le corps ?

— Disparu. Le coup n'a pas porté. J'ai essayé le regard-qui-tue. Sans succès.

— Elle est invincible, alors ?

— Pas elle. Seulement son apparition.

— Tu ne vas pas me dire que tu as eu la visite du fantôme de la Barruga !

— Non. Pas un fantôme. Une projection. Je sais que ça existe, Chamane m'en a parlé. Celina n'est pas venue en personne, elle est restée bien sagement à l'abri de son hôtel.

— Cette fois, c'en est trop ! crie Gerry. Si on la laisse faire, elle va semer la panique parmi nos travailleurs. Je vais aller tout de suite lui régler son compte !

— Tu as raison ! Je t'accompagne !

— Moi aussi, gronde Hiram, pourtant peu porté à l'action.

Un travailleur ayant quitté son trou arrête les trois hommes.

— Si vous allez liquider la squaw, je veux en être ! Prêtez-moi un fusil.

— D'accord.

— Et les autres travailleurs voudront aussi y aller. En excluant le gars que la squaw a placé dans un des claims, nous serons huit.

On distribue les armes.

On se met en chemin.

On convient d'une stratégie tout en marchant. Trois hommes surveilleront les issues de l'hôtel. Les cinq autres entreront et feront évacuer les lieux. Inutile de provoquer un bain de sang.

On entre dans le village. Sans que personne ait été mis au courant, d'autres hommes armés se joignent au groupe, un à un. Ils ont compris ce qui va se passer. La situation est en train de tourner au lynchage. Une trentaine d'hommes passent devant le magasin général. L'oncle Gus les rejoint.

— Le caporal est absent, annonce-t-il. Un obstacle en moins.

Josah se tourne un instant vers la foule.

— Laissez-moi faire. N'intervenez que si je vous y invite !

Mais les yeux de Josah ne rencontrent que des visages fermés. Une haine meurtrière les habite. Ils ne pensent qu'à en finir.

Une douzaine d'hommes s'engouffrent dans l'hôtel.

— Tout le monde dehors ! crie Gerry.

On se bouscule à la porte. Les uns, armés, jouent des coudes pour entrer. Les autres, effrayés, cherchent à fuir le grabuge.

Celina est là, impassible derrière son comptoir, Peau d'Ours à ses côtés. Leur aplomb en impose aux mineurs qui s'immobilisent, permettant à Josah de reprendre le contrôle.

— Ne fais pas un geste, Celina ! Les hommes qui m'accompagnent veulent te lyncher. Je ne suis pas sûr de pouvoir les retenir. Ta seule chance est de faire calmement ce que je vais te dire.

Celina répond.

Peau d'Ours traduit.

Josah, en un éclair, comprend qu'il a la vraie Celina en face de lui. Sa projection n'aurait pas eu besoin d'interprète.

— Je n'ai pas l'intention de chercher la bagarre. Dis à tes hommes de s'asseoir. Je leur offre la tournée.

— Attention, les gars ! hurle Gerry. Elle veut vous mettre en confiance ! Ne l'écoutez pas, sinon elle aura notre peau à tous !

Un coup de feu part.

C'est Peau d'Ours qui reçoit la décharge.

Il s'effondre.

Celina blêmit. Ses yeux s'ouvrent. Josah lui lance le regard-qui-tue. Celina soutient l'assaut, intensifie le sien.

Un duel à mort vient de commencer.

Les antagonistes se tournent autour, sans se quitter des yeux, comme deux lutteurs qui s'étudient avant le combat. Ils tremblent et transpirent abondamment. Leurs membres ont des gestes spasmodiques incontrôlés. Josah, le premier, chancelle. Il s'appuie à une table. Il tente de s'asseoir, mais s'écroule.

Un mouvement de stupeur fait reculer les assaillants. La voix de Celina domine le tumulte :

— Filez tous ! Ça va brûler !

Personne ne comprend l'avertissement lancé en algonquin, mais l'indécision des hommes donne à Celina le bref répit qu'elle cherchait. Elle regarde le comptoir au pied duquel gît la dépouille de Peau d'Ours. Le meuble s'embrase d'un coup. Un autre coup de feu manque Celina de peu et pulvérise l'étagère à bouteilles. L'alcool se répand, alimentant le brasier.

La silhouette de Celina s'estompe dans la fumée.

Les assaillants prennent la fuite.

Hiram et Gerry ont juste le temps de sortir le corps inerte de Josah. En quelques instants, la double bâtisse est en flammes. Personne n'a vu l'oncle Gus se précipiter dans son magasin et ressortir aussitôt, portant une robuste caisse de bois munie de deux poignées en corde.

— C'est notre or que tu as là-dedans ? demande un homme.

— Non. Pousse-toi !

L'oncle Gus ouvre la caisse, en sort un bâton de dynamite. L'autre le saisit par sa veste.

— Il y a de l'or à moi dans ta boutique. Personne ne le fera sauter en ma présence !

Un autre a compris la manœuvre désespérée de l'oncle Gus. Il ramasse le bâton d'explosif et le lance dans le brasier. Approximativement à l'endroit où se trouve le coffre. L'oncle Gus se dégage, prend un autre bâton et le jette dans l'hôtel. Les explosions sont violentes. Plusieurs hommes sont projetés au sol. Le chaos est complet mais l'incendie est soufflé comme une bougie sur un gâteau.

L'oncle Gus se ressaisit et harangue les spectateurs :

— Le plus gros de votre or est à la banque, à Fairbanks. Et les reçus sont dans ma poche. Si vous voulez revoir le reste, allez chercher de l'eau ! Le feu est soufflé, mais pas éteint. Il peut reprendre d'un moment à l'autre.

Les habitants de Tagish ont une qualité : ce sont tous des gens d'action.

La lutte s'organise en un éclair.

Des seaux apparaissent. Les décombres crachent leur fumée, mais l'incendie n'a pas eu le temps de faire sa braise. Il n'a aucune réserve de chaleur. Il cède rapidement.

Personne n'a remarqué la présence d'un enfant.

Un bambin de quatre ou cinq ans, aux cheveux noirs, entièrement vêtu de peau de chevreuil, comme un petit Amérindien. Il est effrayé et cherche à se soustraire à l'agitation qui règne.

Gerry et Hiram laissent les autres se battre contre le feu. Ils ont d'autres chats à fouetter. Ils ont traîné Josah hors du danger et essaient de le ranimer. Le jeune homme est vivant. Il respire normalement, mais ses réflexes sont inexistants. On le jurerait sous l'effet de cette « anesthésie » que les médecins pratiquent depuis quelques années à l'aide de l'éther.

Un homme arrive en courant.

— Il y a un autre feu ! À l'autre bout du village ! On a vu la squaw l'allumer !

— Comment ? Elle n'est pas restée dans l'hôtel ?

Quelques hommes se portent volontaires et courent au nouveau feu.

Ils n'ont pas le temps d'y parvenir.

La fumée d'un troisième brasier s'élève déjà dans le ciel.

Puis celle d'un quatrième. La Barruga est en train de mettre le feu au village. On la voit ici, on veut l'abattre, elle a déjà disparu. Elle ressurgit là, allume un nouvel incendie, s'efface de nouveau. Elle est partout, insaisissable.

À la tombée de la nuit, rien ne subsiste de Tagish.

19

Hiram trouva une mule. L'animal, affolé par l'incendie, avait réussi à se libérer et courait en tous sens, cherchant à fuir ces feux qui semblaient vouloir l'encercler. Hiram prit le temps de lui parler doucement, de la caresser, de la tranquilliser. La mule ne fit aucune difficulté pour le suivre et il put lui confectionner un licou de fortune au moyen de sa ceinture.

— Regarde ce que j'ai trouvé, Gerry.

— Bravo ! On va pouvoir transporter Josah jusqu'à la maison.

— Si elle est encore debout, la maison.

— Tu crois que…

— Je serais bien surpris que la Barruga, avant de fuir, ait négligé la demeure de ses pires ennemis. En tout cas, il y a du grabuge, là-bas : j'ai entendu des coups de fusil.

Les deux amis se tournèrent vers leur domaine, mais il faisait nuit noire. Impossible de voir la moindre fumée.

— Moi aussi, j'ai fait une rencontre, dit Gerry. Regarde derrière moi.

Le petit Amérindien était là, assis par terre, à l'écart de l'agitation.

— Un enfant, ici ? Qui est-il ? Que fait-il là ?

— Je ne sais pas. Il ne répond pas. Je crois qu'il ne comprend ni l'anglais ni le français.

— On s'en occupera plus tard. Il y a plus urgent.

Un de leurs hommes, Jonathan, vint les rejoindre. Un jeunot de dix-huit ans, d'une fidélité à toute épreuve et dur à la tâche.

— Qu'est-ce qu'on fait ?

— Gerry et moi, on évacue Josah. Toi, rassemble tous nos hommes et ramène-les à la Duclos & Cie. Dis-leur de trouver des outils et des bâches pour faire des abris. Dis-leur aussi qu'on continue comme avant. Si nos bâtiments sont brûlés, on les reconstruira. Tout le monde sera payé en attendant que le vrai travail reprenne.

— Comment va-t-il, le patron ?

— Pas très bien. Il est encore sous le choc. Il peut se mettre debout, mais il faut le guider et le soutenir. Je pense qu'il tiendra sur la mule.

— Vous savez, le patron, il s'est sacrifié pour nous. On lui en doit une, les gars et moi. Vous pouvez compter sur nous. Et puis, la vie va être belle, à présent qu'on n'a plus la squaw dans les pattes !

— Bien parlé, Jon ! lança Gerry, toujours sensible à un élan d'optimisme.

Chamane ferma les yeux sur toutes les visions qui se bousculaient dans la vasque où elle lisait les aventures de Josah grâce à l'eau de la fontaine. Elle avait assisté au duel et à l'incendie de Tagish. Elle en avait raconté toutes les péripéties à Poanda.

— Josah est touché, gémit cette dernière. Je savais que c'était trop dangereux.

— Il est touché mais il vivra. Il s'en tirera indemne. J'interviendrai s'il le faut.

— Oh oui, Chamane. Fais-le. Tout de suite !

Josah, avec l'aide de Gerry, parvint à rester en équilibre sur le dos de la mule que guidait Hiram. Au moment de partir, Gerry arrêta son compagnon.

— Attends, Hiram. Le petit ! On ne peut pas le laisser là !

— Il doit bien avoir des parents !

— Pas le temps de publier une annonce pour les retrouver ! Emmenons-le à l'abri.

— Je ne suis pas sûr qu'il sera plus à l'abri là où nous allons, mais tu as sans doute raison. Mets-le sur la mule, derrière Josah.

À mi-chemin, ils furent interceptés par l'homme de Celina, celui qui exploitait un des claims.

— Qu'est-ce que tu fais là ? menaça Hiram, le fusil pointé.

— Je venais vous chercher, répondit l'homme, en français. La sorcière est venue. Elle a brûlé le bureau de la Duclos & Cie rien qu'en lui jetant un coup d'œil. J'ai compris qu'elle voulait tout incendier, alors je lui ai tiré dessus. Je crois bien qu'elle a pris du plomb dans la jambe, parce qu'elle boitait en filant. Elle a disparu, puis elle est revenue, mais je veillais au grain. J'ai tiré plusieurs fois. Elle a fini par s'enfuir pour de bon. J'ai essayé de lui mettre quelques chevrotines dans le dos, mais elle était déjà trop loin. J'ai continué à monter la garde pendant une heure, puis j'ai décidé d'aller voir ce qui se passait à Tagish. J'ai vu les fumées et entendu les explosions…

— Il n'y a plus rien à voir à Tagish ; tu ferais mieux de rester avec nous. Mais pourquoi as-tu défendu nos bâtiments ?

— J'en avais assez de la squaw. Elle me prenait le plus clair de mon or. Et elle me faisait peur avec ses trucs de sorcière. Quand je vous voyais aller, vous autres, avec votre camaraderie et vos contrats honnêtes, j'ai compris que je n'avais pas choisi le bon camp. Je veux être avec vous, maintenant.

— Quel est ton nom ?

— Phillias Laframboise. Je suis de Québec.

— Reste avec nous pour le moment, Phillias. On décidera de ton sort quand tous les gars seront là.

— Pas de coup fourré, Phil, ajouta Gerry. On parlera en ta faveur, mais il faudra que tu fasses tes preuves.

— Prenez mon fusil, si vous n'avez pas confiance.

— Garde-le, trancha Hiram, et marche devant. Si tu vois la Barruga, tire sans sommation. Ce sera ton premier test de fidélité.

— Merci, répondit Phillias avec un large sourire. Vous n'aurez pas à le regretter. Et si je vois la sorcière, je fais tellement de trous dedans que la pluie passera au travers!

La plaisanterie, louable effort pour détendre l'atmosphère, n'eut pas l'effet escompté. Hiram et Gerry n'avaient pas le cœur à rire. Leur ami Josah était au plus mal.

Sa vie ne semblait pas en danger, mais il divaguait. Bredouillait des choses dépourvues de sens. Bavait. Vacillait sans cesse.

Ses compagnons le déposèrent sur sa paillasse, lui ôtèrent ses bottes, lui donnèrent à boire. Il avala sans s'étouffer, mais n'eut aucun geste pour saisir la tasse. Il ne répondait pas aux questions, ne regardait personne.

— Il est complètement gâteux! diagnostiqua Gerry. Qu'est-ce qu'on va en faire? Les hommes vont arriver. Il va falloir prendre des décisions.

— Une chose est sûre, répondit Hiram, Josah reste le directeur de la Duclos & Cie. Mais il faudra le remplacer dans son travail.

— Alors ce sera toi, le remplaçant. Moi, pour l'action, je suis toujours partant, mais l'administration n'a jamais été mon fort.

— Disons que je serai le gérant, et toi le directeur des opérations. Deux choses me paraissent urgentes. D'abord, continuer l'exploitation comme si rien ne s'était passé. Ensuite, faire soigner Josah.

— D'accord pour le travail. Dès que les gars arrivent, je les reprends en mains, et demain matin, tout le monde au boulot ! Mais pour Josah, que veux-tu faire ? Le médecin le plus proche est sans doute en Alaska. Méchant trajet, pour un gars qui ne tient pas debout !

Ce conseil d'administration, le plus bref de l'histoire, prit fin avec l'arrivée des premiers hommes.

On entendait les éclats d'une algarade.

Gerry se précipita.

Les hommes, surexcités, avaient pris Phil à partie. Ils l'avaient désarmé et Jon lui tenait un bras tordu derrière le dos tandis qu'un autre lui passait une corde au cou. Un peu à l'écart, le petit Innu observait la scène, apparemment impassible.

— Qu'est-ce que vous faites ? cria Gerry.

— C'est un gars à la sorcière, répondit Jon. On le pend, comme ça on aura au moins réglé un de nos comptes !

— Vous êtes fous ! Phil a empêché la Barruga de mettre le feu à tous nos bâtiments ! Il l'a canardée jusqu'à ce qu'elle déguerpisse ! Grâce à lui, vous aurez un abri pour la nuit !

— Qui dit que ce n'est pas un nouveau piège ? Dans le doute, il vaut mieux pendre, comme ça on évite les surprises.

L'oncle Gus, qui s'était joint au groupe, entreprit de plaider en faveur de Phil.

— Vous faites erreur, les gars. Ce type-là, ça fait des mois que je l'entends maudire la Barruga qui lui vole son or. Il s'est plaint au caporal Gibson qui, comme d'habitude, n'a rien pu faire. Je connais bien Phil, n'oubliez pas qu'il dépose son or dans mon coffre. Avec ce qu'il a accumulé, il n'a pas de quoi se payer une mule pour rentrer chez lui.

— C'était quoi, son arrangement avec la squaw ?

— Il exploitait le claim et empochait dix pour cent de l'or extrait. Mais la squaw l'a fait plumer par ses joueurs professionnels. Il a accumulé des dettes. Les joueurs ont fait mine de vouloir le pendre. Alors la Barruga l'a « protégé », moyennant payement. Bref, elle lui laissait tout juste de quoi se nourrir...

— Ouais ! Ça serait bien dans ses manières, admit Jon.

Gerry, voyant les hommes indécis, décida de mettre un terme au conflit :

— Je me porte garant de lui ! Il sera désarmé jusqu'à nouvel ordre, et je le surveillerai personnellement. Au moindre faux pas, je le refroidis !

— Pas d'accord ! dit un mineur. S'il triche, tu nous le confies. Un bon petit pendu, ça nous remettrait de nos émotions de cet après-midi !

— J'accepte, concéda Gerry. Mais si quelqu'un y touche sans raison, il aura affaire à moi ! Et maintenant, réunion générale dans la cabane des employés. On a à vous parler, Hiram et moi. Viens aussi, l'oncle Gus. Et toi aussi, Phil.

Jon, à regret, lâcha le bras de Phillias et récupéra la corde. Il l'enroula soigneusement et l'accrocha à sa ceinture, sans défaire le nœud de pendu. Il voulait, semble-t-il, l'avoir à portée de la main.

On vit alors une scène qui sut attendrir les cœurs les plus endurcis. Le petit garçon s'approcha du groupe et vint s'accrocher à la jambe de Phillias en dévisageant les hommes d'un air effaré. Le gaillard, aussi ému que surpris, posa la main sur la tête de l'enfant. Il tenta de cacher son émoi par une plaisanterie :

— Toi non plus, tu ne veux pas qu'on me pende, hein, bout de chou ?

Les hommes s'ébrouèrent, gênés. L'oncle Gus se détourna vivement en grommelant :

— Faut y aller. On a une réunion.

Gerry eut le temps de voir que deux perles de rosée humectaient les paupières du magasinier.

Phillias avait suivi les autres dans le bâtiment. N'ayant personne à qui parler, ne rencontrant que des regards hostiles, il avait pris le petit par la main. L'enfant se laissa faire. C'était un curieux bambin. On ne l'avait pas entendu pleurer une seule fois. Il se contentait d'être là et d'attendre avec résignation. Phillias s'assit à terre et le prit sur ses genoux.

Hiram et Gerry, en dépit d'un début d'assemblée plutôt houleux, avaient repris le contrôle. L'oncle Gus, en leur faisant valoir que pas une once de leur or ne serait perdue sans qu'il la rembourse, avait bien contribué à calmer les esprits de ces hommes simples.

Simples, peut-être, mais turbulents.

Toujours plus prompts, dans une discussion, à sortir une arme qu'un argument.

Dès le lendemain, pourtant, tous les hommes étaient à l'ouvrage. Comme convenu, pas un ne travaillait à son claim. Tous étaient dans le bois, à couper des arbres pour l'édification du nouveau bâtiment. Le bureau de la Duclos & Cie serait deux fois plus grand qu'à l'origine, puisqu'on avait décidé que l'oncle Gus y tiendrait son commerce. Une autre décision avait été prise : puisque Tagish n'existait plus, le nouveau village se trouverait désormais ici.

Il s'appellerait « Duclos ».

Et l'oncle Gus, à l'unanimité, en fut élu shérif.

20

Tandis que Chamane et Poanda suivaient à distance l'évolution de Josah, le village de Duclos s'organisait. Une corvée de quatre volontaires partit avec l'oncle Gus et la mule pour essayer de récupérer le plus possible des marchandises du magasin général.

Tagish avait bel et bien fini d'exister. Le sol était jonché de décombres dont certains fumaient encore. Dans un mois, les *fire weeds* auraient tout envahi. Dans deux, l'ancien village ne serait plus qu'un souvenir.

Un petit attroupement considérait sans entrain les ruines de l'édifice principal. L'oncle Gus s'y attendait. Deux choses pouvaient motiver la présence de ces gens :

le pillage des marchandises épargnées par le feu ou l'espoir de retrouver le coffre contenant leur or. Ils étaient huit ou neuf. La moitié seulement étaient armés. Il fallait être prudents, se dit l'oncle Gus, mais on pouvait arriver à les contrôler. Le magasinier s'avança, couvert par ses hommes.

Il prit son ton le plus autoritaire :

— Y a-t-il des hommes à la Barruga parmi vous ?

— On en a attrapé un, répondit quelqu'un. Un joueur de poker. Le temps qu'on le pende, tous les autres ont filé en direction de Dawson.

— Bon débarras. Y en a-t-il parmi vous qui ont de l'or dans mon coffre ?

Trois hommes s'avancèrent.

— Parfait ! Vous trois, aidez-nous à dégager le coffre. On le transportera jusqu'à la Duclos & Cie. Je ne l'ouvrirai que là-bas. Et si les serrures sont brûlées, on l'ouvrira à la dynamite. Tout votre or vous sera rendu. Les autres, allez vaquer à vos occupations, nous n'avons pas besoin de vous ici. Ceux qui ont un claim, allez y travailler. Les autres, quittez la région. Les rôdeurs seront pendus ! En l'absence du caporal Gibson, c'est moi qui fais la loi ici !

Une poignée de gars s'éloigna en maugréant, mais sans faire d'esclandre, intimidés par cet homme sûr de lui et qu'encadraient cinq fusils. Et aussi par le fait que ses hommes l'appelaient « shérif ». Même en ce coin perdu, on ne plaisantait pas avec l'Ordre. Surtout quand ce dernier était armé jusqu'aux dents.

À midi, le coffre était dégagé.

Il n'était pas bien gros, puisqu'il avait naguère franchi le col de Chilcoot Pass. Mais il fallut quand même quatre hommes pour l'extraire des cendres. L'un d'eux savait fabriquer un travois, à la manière des Autochtones. Grâce à cet ingénieux appareil, remorqué par la mule, le coffre arriva sans encombre à Duclos. On repartit immédiatement, avec mule et travois, récupérer les marchandises que deux hommes, laissés sur place pour la surveillance, avaient commencé à empiler en terrain découvert.

Les vêtements étaient irrécupérables.

Tant pis.

Les bouteilles d'alcool avaient toutes éclaté lors du dynamitage.

Une bonne chose.

Moins on boirait à Duclos, moins on aurait d'ennuis.

Les outils en fer avaient tenu le coup, ainsi que les ustensiles de cuisine. Il y avait des pics et des pelles, des haches, des barres à clous, des casseroles…

Le soir, tout était soigneusement rangé dans la grande cabane de la Duclos & Cie.

Le coffre, comme le craignait l'oncle Gus, refusa de s'ouvrir. Avec de l'huile et de la patience, on aurait pu en venir à bout, mais on avait trois hommes qu'on ne connaissait pas sur les bras, qui n'attendaient que de recevoir leur dû pour s'éclipser. Il valait mieux s'en débarrasser avant qu'ils aient de mauvaises pensées…

L'oncle Gus décida de dynamiter le coffre, malgré les réticences d'Hiram, à qui le procédé répugnait. Un gros boum libéra l'or des trois gars. Ils prirent sans tarder la direction de Dawson. Chemin faisant, ils croisèrent le caporal Gibson qui, tel un carabinier d'Offenbach, se hâtait calmement vers Tagish.

Il allait devoir se contenter de Duclos.

Le policier, loin d'être étonné du changement radical qui s'était opéré en son absence, paraissait plutôt satisfait. Quand il mit pied à terre, un certain sourire, chose rare chez lui, soulevait un coin de sa moustache blanche. Il se dirigea vers l'équipe de constructeurs.

— Bonjour, messieurs. Où puis-je attacher mon cheval ?

— À côté de la mule, si les deux s'entendent, répondit l'oncle Gus. Il devra coucher à la belle étoile, le temps qu'on construise une écurie.

— Mon cheval est un membre de la police montée, répliqua Gibson. Pas un fauteur de troubles. Pour ce qui est de coucher dehors, ne t'en fais pas pour lui, il a l'habitude.

— Comme vous voyez, caporal, le décor a changé, depuis votre dernier passage.

Gibson avait remarqué. Il était déjà accoutumé à la nouvelle géographie des lieux.

Il avait l'esprit frontier. Ce mot anglais, forgé dans la région, a parfois été défini comme l'art d'être différent. C'est, en fait, beaucoup plus. C'est l'amour du changement, du provisoire. C'est surtout l'art d'aller à la rencontre de la différence.

L'esprit frontier, plusieurs hommes de Duclos en étaient animés. L'or n'était pas le seul but de leur quête. Souvent, leur plaisir de vivre provenait davantage de cette recherche que de son résultat, et l'on en a souvent vus être un peu déçus d'avoir trouvé de l'or. Car la découverte de l'or marquait la fin de l'incertitude.

Et donc la fin d'un rêve.

Gibson, comme l'oncle Gus, vivait l'esprit frontier avec plus d'intensité encore que les prospecteurs. Tous deux vivaient le rêve de tous les autres sans le gaspiller dans la contingence quotidienne qui contraignait ceux-là à passer leurs journées à approfondir un trou. Les mineurs voyaient leur claim, Gibson et l'oncle Gus voyaient palpiter le Klondike.

Gibson accepta d'enthousiasme l'élection de l'oncle Gus au poste de shérif. Il avait désormais un supérieur de qui prendre les ordres. Et surtout, il disposait d'une force de police. En effet, l'oncle Gus avait nommé cinq hommes pour l'assister dans le maintien de l'ordre, et le caporal, pour la première fois depuis le début de la ruée vers l'or, pourrait, le cas échéant, déroger à son rôle purement symbolique.

On se réunit pour l'enquête dans la grande cabane. Le policier, qui aurait à produire un rapport, avait sorti son carnet et brièvement interrogé les témoins.

— Je tiens à vous féliciter, messieurs, conclut-il. Je peux maintenant m'appuyer sur vous pour le maintien de l'ordre. Je déclare la Barruga indésirable. Aux dernières nouvelles, elle était à Dawson, où elle se faisait soigner. Ses hommes y sont aussi, mais se sont dissociés d'elle. J'ai pu lui parler, à l'aide d'un interprète : elle m'a conté à sa façon votre algarade. Je lui ai fait valoir qu'en l'absence de police, un lynchage peut avoir force de loi. Pour sa propre protection, je lui ai interdit de revenir ici. Elle m'a déclaré qu'elle rentrerait chez elle dès que ses blessures le lui permettraient. Vous avez le droit de la poursuivre pour le tort qu'elle a fait à Josah Duclos. Personnellement, je recommanderai à mes supérieurs d'émettre un mandat d'arrestation contre elle, pour escroquerie et crime d'incendie.

— Il reste un de ses anciens employés, ici, dit Jonathan. Que va-t-on en faire ?

— Aux termes de la loi, Phillias Laframboise est une victime de la Barruga.

De plus, il a fait amende honorable en l'empêchant de brûler toutes vos installations. Je vous enjoins donc de l'accepter sans restriction parmi vous.

Les hommes se consultèrent du regard et se résignèrent en maugréant. Gerry, qui était le plus enclin à s'ouvrir aux nouveautés, appuya sans réserve le caporal :

— Pour moi, Phil est le gars qui a sauvé la Duclos & Cie. Je propose qu'on vote immédiatement pour ou contre lui. Si on est contre sa présence, on lui rachète son claim, et il part. Si on est pour, il reste, et on le considère comme l'un des nôtres !

Le vote fut exécuté à main levée. La plupart des mains se levèrent spontanément, quelques-unes hésitèrent, finirent par imiter les autres. Phil, qu'on avait prié de sortir, fut rappelé. Gibson lui communiqua sobrement la bonne nouvelle :

— Unanimité en ta faveur.

— Tu sais, Phil, intervint Jonathan, on voulait te pendre, mais c'est parce qu'on était frustrés. C'est la Barruga qu'on aurait aimé pendre, mais elle nous avait glissé entre les doigts, alors on s'est rabattus sur toi. J'espère que tu comprendras…

— Bien sûr que je comprends, laissa tomber Phil, tout sourire. À votre place, j'aurais fait la même chose.

Jonathan serra la main de Phil. Un autre se leva pour l'imiter. Quelques applaudissements crépitèrent. Phil finit par recevoir une tournée générale de poignées de mains et de claques dans le dos. Il en pleurait d'émotion, sans retenue.

L'oncle Gus couronna cette belle cérémonie en lui remettant son fusil.

— Prends ça, tu l'as bien mérité. Continue à en faire bon usage.

Une autre préoccupation assombrissait Hiram, qui semblait méditer dans son coin. Il attendit que l'effervescence générale s'apaise un peu pour prendre la parole à son tour :

— Tout ceci est bien joli, messieurs, mais il reste un problème en suspens : celui de Josah. On ne peut pas le laisser comme ça ! Il faut le faire soigner. Je demande un volontaire pour aller chercher le médecin à Dawson, puisqu'il y en a un, nous a annoncé le caporal.

— Moi ! lança Phillias sans hésiter.

— Je t'accompagnerai, dit le policier. C'est mon rôle. Nous prendrons la mule pour que le docteur voyage à son aise. En passant, j'ignore si l'homme que j'ai vu extraire le plomb de la jambe de la Barruga est vraiment médecin. Je sais seulement qu'il soigne les gens efficacement.

— Ce n'est pas une question de diplôme, trancha Gerry. Dites-lui qu'il sera bien payé, et qu'il vienne au plus vite.

— Nous partirons demain à l'aube, décida le caporal.

La réunion terminée, les hommes quittèrent les lieux, rassurés par l'esprit de décision de Gerry, Hiram et l'oncle Gus. Il fallait régler une autre question : celle du petit Innu. Gerry le prit par la main et le fit asseoir sur une paillasse.

— Si au moins tu parlais, on saurait quoi faire de toi. Personne n'est venu te réclamer, pourtant tu dois bien avoir quelqu'un dans la vie !

— Je pourrais essayer de l'interroger, proposa Phillias.

— Tu parles indien, toi ?

— Un peu. Quelques mots. J'ai été coureur des bois avant de venir ici. J'ai souvent traité avec les Indiens.

— Eh bien, vas-y, alors !

Phillias s'approcha et entreprit de questionner le garçon dans les pauvres rudiments de dialectes qu'il connaissait. Le huron le laissa indifférent. Mais en entendant de l'algonquin, le visage de l'enfant s'éclaira et il articula quelques mots.

— Pas si vite, petit ! Comme ça, tu comprends l'algonquin ? Alors dis-moi : où sont tes parents ?

L'enfant ne parut pas comprendre. Il retomba dans son mutisme.

— Ton papa ? Ta maman ?

— Morts.

— Hier, dans le feu ?

— Non.

— Mais avec qui étais-tu ?

— Mon oncle.

— Et c'est qui, ton oncle ?

— Mort.

— Ah ! Je comprends. Ton oncle, c'était Peau d'Ours ?

Le petit ne répondit pas, comme chaque fois qu'il ne comprenait pas une question. Gerry intervint :

— Il ne sait pas qui était Peau d'Ours. C'était un surnom que les gens d'ici lui avaient donné.

— Ton oncle, il travaillait à l'hôtel? enchaîna Phillias.

— Oui, avec la méchante femme blanche.

— Et toi, comment t'appelles-tu?

— Lil' Cloud.

— Il s'appelle Little Cloud. Petit Nuage, traduisit Phillias à l'intention des deux autres.

— Bon! conclut Hiram. Nous voilà avec un orphelin sur les bras, à présent. Il va bien falloir le garder. On avisera plus tard.

Ce fut sur ces paroles un peu sèches que ma famille et celle de la Barruga se virent unies par un lien qui n'était pas encore celui du sang. Seulement celui du feu.

21

Le docteur Jamieson avait plus l'air d'un coureur des bois que d'un médecin. Un colosse à la barbe hirsute, noir de poil, aux manières frustes. Il parlait fort, en français comme en anglais, riait beaucoup, respirait la joie de vivre. Lui aussi, sans conteste, avait l'esprit frontier. Son sourire, toujours présent dans ses étonnants yeux candides d'un bleu intense, lui avait immédiatement valu l'amitié de tous les hommes de Duclos.

— Vous êtes vraiment un docteur ? avait naïvement questionné Jonathan.

— Tout ce qu'il y a d'authentique, fiston. Mais ne me demande pas de te montrer mon diplôme ; je l'ai laissé chez ma mère, à Seattle. Je ne voulais pas l'abîmer en venant rouler ma bosse par ici !

— Qu'est-ce qu'un vrai docteur peut bien venir faire dans ce coin perdu ? s'étonna Gerry.

— L'aventure, fiston. Je me sens trop jeune pour soigner les rhumatismes de mes patients à Seattle. Alors je suis venu ici faire comme tout le monde : chercher de l'or. Je ne le fais pas en creusant ; je suis bien trop occupé à extraire du plomb de la peau de mes clients et à recoudre des coups de couteau ! Et puis, je me sens en sécurité, ici. Quand il y a une bagarre, on a toujours soin de ne pas me tirer dessus. On a trop besoin de moi pour réparer les bobos après. C'est pas tout, ça, fiston. Où en est mon malade ?

— Vous appelez tout le monde fiston ?

— Ouais, fiston. Ça m'évite de retenir les noms. Je vois trop de monde. Vous autres, appelez-moi Doc. Et dites-moi « tu ». Je ne suis pas ministre !

Et Doc se fit expliquer dans le détail le cas de Josah.

Il voulait tout savoir.

Comment c'était arrivé, comment cela avait évolué, comment on l'avait soigné ...

Il interrogea tous les témoins.

Il ne prit aucune note, mais emmagasina le tout dans sa grosse tête broussailleuse.

Puis il se leva.

— Allons voir ce gros paresseux, à présent !

On le guida vers la maisonnette. Il poussa lui-même la porte et, à grand fracas, pénétra dans la pièce.

— Salut, fiston ! beugla-t-il. Alors, comme ça, on ne veut plus travailler ? Mais attention ! Quand Doc passe par là, on se fait secouer les puces ! Finies, les vacances !

Curieuses méthodes… Mais Josah, pour la première fois, tourna la tête. Il dévisagea l'intrus un bref instant. Hiram et Gerry remarquèrent la réaction. C'était peu, mais quand même un progrès.

— Je sais déjà une chose, les gars : ce type-là n'est pas sourd. Ni aveugle. S'il ne réagit pas à vos paroles, c'est parce que vous ne lui parlez pas assez fort. Je vais vous montrer. Est-ce qu'il s'assoit si on le lui demande ?

— Non, il faut l'asseoir de force.

— Je crois plutôt que vous n'êtes pas assez convaincants. Je vais essayer quelque chose.

Doc se pencha au-dessus du patient et cria plusieurs fois son nom. Josah le regarda un instant avec un reflet de surprise dans les yeux. Doc en profita pour lui lancer : « Assis ! » Et Josah, avec lenteur, sortit ses jambes de la paillasse, se hissa sur un coude, s'assit au bord de sa couche et resta là, le dos rond et le regard perdu dans le vague.

Doc l'examina longuement, puis donna ses conclusions en rangeant ses instruments dans sa trousse.

— Ce n'est pas grand-chose, mais je ne puis rien faire de plus. Ce gars-là n'est pas paralysé. Les signes vitaux sont bons, les réactions, elles, sont très lentes. Il n'est pas à proprement parler malade, mais il a l'esprit ailleurs. On dirait qu'une idée lui occupe tellement la pensée, qu'il est incapable de se concentrer sur autre chose que lui-même. Complètement replié dans sa coquille.

— La vieille lui a jeté un sort, expliqua Gerry, un peu découragé.

— Je ne crois pas aux sortilèges. J'ai soigné votre prétendue sorcière, et je peux vous dire qu'elle n'a rien d'un esprit frappeur ! C'est une femme ordinaire, faite de chair et d'os. Beaucoup d'os et peu de chair, ajouta-t-il en rigolant.

— Pourtant, on vous a raconté ce qui s'est passé...

— Mais oui, fiston. Nous avons tous des pouvoirs psychiques. Certains en ont davantage que d'autres, voilà tout. Votre sorcière est une épouvantable chipie, douée d'une force de caractère à faire peur, mais il n'y a rien chez elle qui soit du domaine du surnaturel.

— Josah avait le pouvoir de tuer un homme rien qu'en le regardant très fort.

— Hé oui ! Ça aussi, ça existe. Certains chamans indiens en sont capables. C'est une simple question de concentration et d'entraînement. Ce qui s'est passé, il y a quelques jours, c'est que Josah a voulu tuer la vieille et qu'elle s'est défendue. Elle lui a renvoyé son propre pouvoir dans la figure ! Elle est très dangereuse. Elle peut mettre le feu, mais elle ne peut pas tuer du regard. Sinon je crois qu'elle l'aurait fait.

— Et pour soigner Josah, qu'est-ce qu'on fait ?

— Le secouer, mais ça ne suffira pas. Il faudra un neurologue ou un psychiatre. Pour ça, vous devrez l'emmener à Seattle.

— Mais toi, Doc, maintenant, ne peux-tu rien faire ?

— Moi, non. Mais lui sait peut-être de quoi il a besoin. Je vais tenter de le faire parler.

Doc saisit Josah par les épaules et le secoua vigoureusement tout en lui lançant des questions :

— Parle, Josah ! De quoi as-tu besoin ? Tu dois le dire !

Josah s'agita mollement, ouvrit la bouche, aspira un peu d'air.

Doc l'encouragea de toute sa rudesse. Cette fois, Hiram et Gerry furent de la partie, même s'ils répugnaient à traiter un malade de la sorte. Et pourtant le patient eut un début de réaction. Son visage se crispa sous l'effort et donna quelques indices de surprise. Bredouillant et bavant, il parvint à articuler dans un filet de voix :

— La fontaine. Chamane.

Puis il s'effondra sur sa couchette, épuisé, et sombra dans un profond sommeil. Doc l'installa sur le dos et lui allongea les jambes.

— Qu'est-ce que c'est que ce charabia ?

— Il nous a déjà parlé d'une fontaine aux pouvoirs mystérieux, et d'une chamane amérindienne qui lui a enseigné certains pouvoirs dans notre village. Il la considère comme sa grand-mère. Mais sa vraie grand-mère, il paraît que c'est la Barruga.

— Quelle famille ! Y a-t-il quelqu'un dans votre village qui soit au courant à propos de cette chamane et de cette fontaine ?

— Oui, sûrement sa mère, Poanda Duclos.

— Bien. Alors voilà ce qu'on va faire. Vous, les fistons, vous allez tout de suite m'écrire une belle lettre adressée à la mère de Josah. Expliquez tout, et demandez des précisions sur cette fontaine et cette chamane. Je ferai parvenir la lettre à Fairbanks d'où elle suivra son chemin par la poste. Dès que j'aurai la réponse, je reviendrai vous voir. Je ne puis rien faire d'autre pour l'instant, mais nous tenons peut-être une solution. Ne vous forgez quand même pas trop d'espoir. Je doute qu'il lui suffise de déguster un verre d'eau d'une fontaine de jouvence pour recouvrer la santé.

Hiram était, à part Josah, l'homme le plus instruit de Duclos. C'est donc lui qui rédigea la lettre, sur des feuilles soustraites au carnet du caporal Gibson. Il inscrivit soigneusement l'adresse :

Madame Poanda Duclos
Premier rang Est
Bois-Rouge
Province de Québec
Canada

Le médecin se chargerait de recopier cette adresse sur une enveloppe qu'il enverrait poster à Fairbanks, comme prévu. Le courrier n'était pas très rapide, mais la présence du chemin de fer lui assurait quand même une livraison dans des délais presque raisonnables. On pouvait s'attendre à une réponse d'ici un mois ou deux.

— Il me reste à prendre congé, conclut le Doc en se dirigeant vers la porte. Continuez à bien soigner votre copain, mais ne le dorlotez pas trop. Secouez-le. Obligez-le à avoir des réactions. Empêchez-le de dormir tout le temps.

— Je vous raccompagne à Dawson, proposa le caporal.

— Je ne veux pas abuser…

— Les gars d'ici peuvent bien se passer de moi un jour ou deux, ils ont un shérif énergique, à présent.

— Dans ce cas…

— Vous prendrez la mule. Je la ramènerai au retour.

— Vraiment, vous me gâtez. Pour une fois, j'aurai soigné un malade sans écorcher mes semelles dans ces fichues montagnes !

Lorsque Poanda rendit sa visite quotidienne à Chamane, elle la trouva fort affairée. Presque agitée.

— Toi, Chamane, je te devine à la veille d'un grand départ.

— Celina est vaincue, mais ton fils a besoin de mon aide.

— J'y vais avec toi !

La vieille femme ne répondit pas, ce qui équivalait à un refus. Elle se contenta de congédier Poanda. Laquelle revint aux nouvelles quotidiennement. Mais pendant plusieurs jours, elle ne put trouver l'entrée du territoire sacré de Chamane, ni la fontaine. Comme si cet endroit n'avait jamais existé…

Petit Nuage était un enfant tranquille. Il avait parfois, disaient les hommes, l'air d'un vieux sage, quand il restait assis dans son coin, paraissant méditer.

Les gars, qui cachaient parfois un cœur tendre sous leur rude enveloppe, lui avaient bricolé quelques jouets. Des bouts de bois, un lambeau de cuir, des brins de paille…

Ces matériaux de fortune, dans leurs grosses pattes calleuses, devenaient un semblant d'animal, une ébauche de marionnette… Petit Nuage acceptait tous ces présents. Il disait merci en français, comme le lui avait appris Gerry. Mais il ne jouait pas vraiment. Il thésaurisait ces merveilles et les emportait avec lui dans tous ses déplacements. Parfois, il s'assoyait à terre, les disposait devant lui et leur parlait longuement, visiblement ravi. Comme un enfant n'ayant jamais possédé de jouet.

Je crois que c'est à cette époque que mon père acquit le sens du merveilleux qui a illuminé toute sa vie et qu'il a su me communiquer. Petit Nuage croyait tout possible et trouvait de la beauté dans le plus humble objet. Il savait s'arrêter au milieu d'une conversation passionnante parce qu'un chardonneret venait de se poser sur une tige de graminée. Un large sourire éclairait alors son visage, en extase devant ce petit spectacle à la fois simple et fascinant.

Le jour où il m'expliqua mon nom, après avoir cueilli une fleur de trèfle pied-de-lièvre, il sut me faire partager sa contemplation. Nous restâmes plus d'une heure à admirer la modeste fleur.

D'habitude, Petit Nuage suivait Gerry, qui l'avait pris sous sa protection. Mais Gerry n'aimait pas l'avoir à ses côtés quand il était de garde. Ce n'était pas la place d'un enfant qui avait déjà vu trop de fusils dans sa vie.

— Va voir oncle Phil ! Oncle Gerry a du travail !

Et l'enfant, docile, allait s'asseoir à côté du trou au fond duquel Phillias extrayait son or, ce qui ne l'empêchait pas de sortir lui parler de temps à autre. Le petit répondait gentiment, puis, quand l'homme replongeait, il reprenait ses discours devant ses jouets.

Le courrier du Klondike était posté en Alaska lorsque quelqu'un s'y rendait et acceptait de se charger de ce bagage supplémentaire. De là, il empruntait le bateau jusqu'à Seattle où s'effectuait le tri. Une lettre pour le Canada réembarquait ensuite jusqu'à Vancouver où elle attendait qu'un train soit formé et démarre vers Montréal. Là, elle devait patienter jusqu'à ce qu'un facteur s'en aille livrer dans la bonne région.

À la belle saison, cela pouvait prendre quatre semaines.

Quand tout allait bien.

En hiver, on remettait le plus souvent l'expédition à la belle saison.

À Bois-Rouge le courrier était déposé au magasin général par un voyageur serviable : policier, missionnaire, commerçant ou coureur des bois. Cette fois, il fut apporté par un marchand de chaudrons ambulant.

Qu'importe le facteur, pourvu qu'on ait la lettre ; l'Administration des Postes canadiennes faisait ce qu'elle pouvait.

Jean-Baptiste Duclos se fit héler dans la rue principale où il achevait sa distribution quotidienne de lait. C'était Télesphore Lamarche, le propriétaire du magasin.

— Jean-Baptiste ! T'en va pas sans venir me voir ! Il y a des nouvelles de là-bas !

— Donne-moi cinq minutes !

Jean-Baptiste Duclos acheva sa tournée à la course et se précipita vers le magasin général où l'attendaient Télesphore et Mathilde.

— Viens dans l'arrière-boutique, Jean-Baptiste ! On sera plus tranquilles, proposa la femme du commerçant.

La question ne se posait même pas : Jean-Baptiste ne partirait pas sans avoir décacheté la lettre. Télesphore et Mathilde étaient les parents de Gerry. Cela parlait peut-être de leur petit, là-dedans.

Jean-Baptiste déchira l'enveloppe.

— C'est Hiram qui écrit. Gerry va bien. Il fait dire qu'il pense à vous. Oh ! Mon garçon est malade. Excusez-moi, il faut que je rentre.

— C'est grave ?

— Il n'est pas en danger, lança Jean-Baptiste en sortant, mais il aura besoin des connaissances de sa mère. Je vous tiendrai au courant.

Mais Poanda, elle, était déjà au courant. Elle n'en avait pas parlé à son époux pour ne pas l'inquiéter inutilement. Et aussi pour ne pas lui révéler les procédés magiques au moyen desquels Chamane et elle se renseignaient. Le surnaturel faisait un peu peur à Jean-Baptiste.

Quant à Chamane, elle était déjà en chemin.

L'oncle Gus, trésorier de la Duclos & Cie et shérif de son état, s'installa en prenant ses aises dans les nouveaux locaux qui lui étaient attribués. Il y avait, bien sûr, le bureau lui-même, mais aussi une alcôve pour lui et une autre pour le caporal Gibson, quand il était de passage. On pouvait être frontier et aimer son confort…

Tout à son installation, l'oncle Gus n'avait pas entendu venir Petit Nuage. L'enfant, comme à son habitude, s'était approché à pas feutrés, et attendait que l'homme le remarque.

— Eh bien, Petit Nuage, qu'est-ce que tu fais là ? Tu viens dire bonjour à l'oncle Gus ?

Le bambin, qui commençait à baragouiner quelques mots de français et d'anglais, qu'il mélangeait d'ailleurs allègrement, préférait, quand c'était possible, s'exprimer par signes. Il se retourna vers la porte et la désigna du doigt. Le shérif, comprenant que quelqu'un désirait lui parler, regarda dans la direction indiquée. Il y avait là une petite femme toute menue, très âgée, vêtue à l'amérindienne.

— Bonjour. Êtes-vous de la famille de Petit Nuage ?

— Non.

— J'ai cru que vous étiez venue le chercher. Nous avons recueilli cet enfant après l'incendie de Tagish. Il est orphelin.

— Je suis au courant. Mais je suis venue voir Josah. Puis-je le rencontrer ?

— Josah est très malade.

— Oui, je sais. Je suis venue le soigner.

— Le soigner ? Êtes-vous médecin ?

— Chez les Algonquins, je suis médecin.

— Attention, pas de sorcellerie ! Nous y avons assez goûté, Josah en particulier. D'où venez-vous ?

— La sorcière, c'est Celina Barruga, pas moi. Elle est mon ennemie.

— C'est déjà ça.

— Je viens de la part de la mère de Josah, Poanda Duclos.

— Mais c'est impossible ! Nous venons de lui écrire. La lettre ne peut être déjà arrivée à destination. Et vous n'avez pas pu faire le trajet aussi vite, surtout à votre âge !

— À mon âge, les pieds sont fatigués. On est obligé de trouver des moyens plus efficaces pour voyager. Et je n'ai pas besoin de lettre pour avoir des nouvelles de Josah.

L'oncle Gus était un peu dépassé par l'insolite de cette visite. Pourtant, la vieille lui inspirait confiance. Elle avait l'air si doux, et son sourire était si engageant... Et puis Petit Nuage l'avait adoptée en venant se blottir contre elle, et semblait apprécier qu'elle lui caresse la tête.

Les enfants ont un instinct pour reconnaître ceux qui leur veulent du bien.

Le shérif décida d'ignorer ses réticences.

— Je vais faire appeler ses amis. Ils décideront.

Gerry ne tarda pas et, aussitôt qu'il vit l'Amérindienne, son visage s'éclaira.

— Vous êtes celle que Josah appelle Chamane, n'est-ce pas ? Venez. Allons voir Josah.

— Laisse-moi y aller seule, petit. Une surprise lui fera du bien.

— Je ne suis pas sûr qu'il soit en état d'apprécier les surprises !

— Cela dépend de la surprise.

Chamane pénétra dans la maisonnette et se dirigea vers son protégé. Josah tourna la tête et la regarda. Il parvint à prononcer faiblement :

— Grand-mère chérie.

— Suis-moi, Josah. Je vais te soigner.

Josah se leva. Les hommes, abasourdis, cessèrent toute activité en voyant ce malade qui, hier encore, ne marchait pas, suivre docilement une petite vieille qui trottinait d'un pas sautillant vers la forêt.

— Où allez-vous comme ça ? s'inquiéta quand même Gerry.

— Guérir mon petit-fils.

— Je vous accompagne !

— Non, petit. Nous devons être seuls. C'est un endroit réservé aux initiés. Petit Nuage peut venir.

— Il est initié ? Si jeune ?

— Les enfants sont toujours initiés. À leur manière. Être initié, c'est d'abord avoir la simplicité de ne pas craindre ce qu'on ne connaît pas.

Et Chamane alla son chemin, suivie de Josah et de Petit Nuage.

Hiram eut un mouvement pour s'interposer.

Gerry le retint.

— Laisse, Hiram. C'est la chamane dont Josah nous a parlé. Sûrement celle qui lui a accordé le don de trouver l'or et de se servir du regard-qui-tue. Elle ne veut que son bien, à mon avis.

— Tu en es sûr ? Moi, tu sais, je commence à en avoir assez, de la magie. On a vu comment ça a tourné, à Tagish !

— Fais-moi confiance, Hiram, espèce de mécréant ! À Tagish, c'était de la sorcellerie. Mais cette dame n'est pas une sorcière. La science de cette Chamane est très étendue, et elle ne cherche qu'à répandre l'harmonie autour d'elle.

— Puisses-tu avoir raison !

La fontaine est là, contre toute logique, comme toujours lorsque Chamane en a besoin. Josah la voit sans étonnement. Il s'approche, hume son parfum pétillant, se met à se déshabiller. Il n'a pas eu besoin d'explication. Il sait. Il se plonge jusqu'au cou dans l'eau tiède et piquante. Chamane lui enfonce la tête sous l'eau et l'y maintient quelques secondes. L'immersion doit être complète, si l'on veut que la guérison le soit aussi.

Reprenant son souffle, Josah ouvre grand les yeux. La lueur qui en émane prend des reflets mauves. Chamane détourne le regard et enfouit la tête de Petit Nuage dans ses vêtements de peau.

— Il ne faut pas regarder, petit. Le regard-qui-tue va sortir des yeux de Josah.

Quand ce sera fini, Josah parlera. Alors tu pourras, toi aussi, te baigner dans la fontaine. Elle te rendra fort.

22

En l'absence de Josah, un attroupement s'était formé. Les hommes avaient délaissé leur travail. On discutait ferme. Les avis étaient partagés. Pour certains, c'était de la folie d'avoir abandonné un infirme aux mains d'une sorcière.

Pour d'autres, c'était le seul espoir d'un jour revoir Josah dans son état normal.

Un risque à prendre.

D'autres encore abondaient dans le sens de Gerry et applaudirent en voyant revenir le malade, marchant d'un bon pas, agitant la main.

— Salut, les gars ! Ravi de vous retrouver sains et saufs !

— Pas tant que nous ! lança Gerry. Comme ça, nous voilà de nouveau en pleine magie ?

— Oui, mais cette fois, c'en est de la bonne !

— Et ta guérisseuse ? Tu pourrais nous la présenter !

— Elle n'aime pas beaucoup les mondanités. Elle est rentrée chez elle. Avec Petit Nuage.

— Chez elle ? À Bois-Rouge ?

— Non, elle habite tout près d'ici en ce moment.

— En ce moment ? Es-tu en train de prétendre que cette centenaire fait du camping ? ironisa Gerry.

— Si cette dame habitait tout près d'ici, nous l'aurions su, argumenta Hiram, plus sérieux et un peu vexé, même, qu'on le prenne pour un naïf.

— Ho ! Les gars ! On se calme ! ordonna Josah, hilare. N'oubliez pas que vous êtes en présence d'un convalescent. Si on allait s'asseoir dans la grande cabane pour parler de tout ça autour d'un bon café ?

Préparer du café, à Duclos, c'était comme, ailleurs, déboucher le champagne. Il était rare à Dawson ; on devait aller l'acheter à Fairbanks où il coûtait son pesant d'or.

Et ce n'est pas une image…

Les jours ordinaires, on se contentait le plus souvent de thé des bois, qu'on agrémentait parfois de surette ou d'oxalis, voire de miel sauvage.

Bientôt chaque homme eut son quart de fer blanc à la main, rempli de breuvage fumant. Phillias circulait de l'un à l'autre, tenant un pain de sucre d'érable d'une main, son couteau de l'autre. Pendant qu'il servait, Josah prit la parole :

— Je vais vous demander une chose, les gars, ne me posez pas trop de questions concernant Chamane. Je comprends que vous soyez déconcertés, mais avec elle, c'est comme ça. Depuis ma plus tendre enfance, j'ai appris qu'avec ma grand-mère, il faut toujours être prêt à accepter sans s'étonner. De toute manière, elle n'entend pas les questions. Je serais donc incapable de répondre aux vôtres, puisque j'en ignore les réponses tout autant que vous.

— Mais pourquoi dis-tu « ma grand-mère »? Ce n'est pas la Barruga, ta grand-mère ? intervint Hiram.

— Par le sang, oui. Mais Chamane est ma grand-mère spirituelle.

— Et l'autre, la mauvaise, qu'est-ce qu'elle manigance?

— Rien à craindre, l'oncle Gus. Tu n'auras pas à l'affronter en tant que shérif. Elle est retournée d'où elle vient.

— En Italie?

— Hélas! Non. Seulement à Bois-Rouge. Mais elle est grièvement blessée. Doc a réparé ce qu'il a pu. L'os est atteint, l'infection gagne du terrain. Seule Chamane peut encore la sauver.

— Le fera-t-elle?

— Qui peut prévoir ce que fera Chamane?

On célébra longuement le retour à la raison de Josah. Les hommes, aussi joyeux que soulagés, ne ménagèrent pas leurs efforts et la fête improvisée fut très réussie.

Mais il fallut déchanter un peu.

Le bon vieux temps était revenu, certes, mais pas tout à fait comme avant. Josah ne prospecterait plus. Il annonça qu'il n'avait plus les pouvoirs que lui avait conférés Chamane.

Pour le guérir, la vieille avait dû lui nettoyer la tête pour que son esprit puisse respirer à son aise. Faire de la place aux fonctions normales de son cerveau.

Josah semblait être de nouveau un jeune homme plein d'allant et d'idées, mais dépourvu de tout pouvoir particulier.

Il ne voyait plus l'or qui dormait à ses pieds.

Il ne pouvait plus se défendre par le regard-qui-tue.

Mais qu'importait, après tout, puisque l'essentiel du travail était accompli ?

— De toute manière, précisait Josah, il n'y a plus assez d'or à Duclos pour édifier d'autres fortunes. Et la sorcière est loin ; quelques bons fusils suffiront à nous défendre contre les importuns. Nous avons d'ailleurs une arme qui les vaut toutes : nous sommes unis.

Quand Josah se retira, fatigué par l'exubérance de ses compagnons, Gerry et Hiram suivirent discrètement la flammèche de sa lampe à huile.

— Ah ! Vous quittez la fête ? Fatigués, vous aussi ?

— Non, Josah, dit Gerry. Hiram et moi sommes heureux de te revoir à peu près normal. Mais nous te connaissons trop bien pour être dupes. Nous savons que ta guérison n'est qu'apparente. Nous aimerions savoir comment tu vas vraiment.

— Vous allez être déçus.

— Peu importe, Josah, nous voulons la vérité.

— Vous êtes mes amis ; je vous dois bien ça. Tout a commencé à l'hôtel, lors de l'espèce de duel qui m'a opposé à Celina. Jusque-là, je n'avais eu affaire qu'à une projection d'elle. Le regard-qui-tue ainsi que les balles de fusil avaient passé au travers. Mais à Tagish, j'avais en face de moi la sorcière en personne. Je l'ai compris quand elle a eu besoin de son interprète. Une projection peut communiquer directement, par télépathie, sans passer par les mots. Ce que je n'ai pas mesuré à sa juste valeur, c'est que si Celina m'attendait de pied ferme, c'est parce qu'elle était sûre de pouvoir me tenir tête. Je disposais d'une arme que je croyais imbattable : le regard-qui-tue. Celina, elle, possédait ce que j'appellerais un bouclier mental. Elle pouvait s'en servir pour se protéger de mon regard-qui-tue, mais aussi pour renvoyer le coup à l'expéditeur. Si vous voulez, j'ai été abattu par mon propre projectile.

— Mais comment se fait-il que tu n'en sois pas mort ?

— Il y a deux raisons à cela. La première, c'est que le regard-qui-tue n'agit pas comme une décharge d'arme à feu. Pour tuer, il lui faut disposer d'assez de temps pour que la dose soit mortelle. La deuxième raison découle de la première : je n'ai pas eu le temps de projeter une dose mortelle, car la sorcière a réussi dès le début de l'émission à m'en renvoyer une quantité suffisante pour me neutraliser, à défaut de me tuer.

— Mais ça ne nous dit pas pourquoi le traitement que Chamane t'a fait subir ne t'a pas guéri complètement.

— Dans ce genre de duel, chaque combattant, en frappant, envoie une partie de lui-même dans son adversaire. J'ai plongé ma volonté de tuer à l'intérieur de Celina. Et elle, en revanche, a pénétré mon esprit pour me renvoyer la balle.

— Es-tu en train de me dire que vous vous êtes mélangés ?

— C'est un peu ça, oui, car le combat n'a pas été définitif. Et Chamane n'y peut rien changer. La suite du traitement ne lui appartient pas. Seul un duel final pourra me rendre toute ma personnalité et me débarrasser de celle qui m'encombre.

— Veux-tu dire qu'en attendant, tu pourrais te comporter comme Celina ?

— Non. Aucun danger. Ce que je possède d'elle ne peut en aucune manière m'influencer. Je le ressens comme un corps étranger. Une sorte d'abcès que je devrai soigner. Et je le ferai à Bois-Rouge, quand je ne mettrai personne en danger. Quand cela ne concernera que Celina et moi.

— Un de vous deux devra mourir, n'est-ce pas ?

— Oui. C'est à cette seule condition que l'autre recouvrera toutes ses facultés.

— Si c'est aussi simple que ça, je m'en vais te le régler, moi, ton problème ! Je file à Bois-Rouge, je descends la Barruga, et je reviens. Dans un mois tu seras libre.

— Eh non ! Ça ne marchera pas, Gerry. Si la Barruga mourait maintenant, je resterais comme je suis jusqu'à la fin de mes jours. Il n'y a qu'une issue : je dois tuer Celina moi-même.

— Et si sa jambe blessée s'envenime et qu'elle en meurt ?

— Rien à craindre. Chamane a plus d'un tour dans son sac pour empêcher quelqu'un de mourir prématurément…

23

L'année 1899 fut celle de l'administration et de la comptabilité. Finis les bas de laine et les coffres éventrés. Tout l'or de la Duclos & Cie avait été transféré dans une banque, à Seattle, dans un compte à trois signatures.

Le shérif, comprenant que pour être en sécurité, il importait de supprimer les objets de la convoitise, avait interdit de conserver plus d'une once d'or par homme. Le surplus était déposé, contre reçu, au bureau de l'oncle Gus, en attendant d'être transféré en lieu sûr.

Hiram effectuait pour ce faire de fréquents voyages.

Lorsque c'était possible, il bénéficiait de la protection du caporal Gibson ; mais le policier ne pouvait franchir Chilcoot

Pass, qui constituait la limite de son territoire. Il avait pris la prudente habitude de se faire accompagner de Jonathan. Le jeune homme était fin tireur et sa vigilance n'était jamais prise en défaut. De plus, il avait eu maintes fois l'occasion de prouver sa loyauté.

Suivant l'exemple de Josah et de ses compagnons, Jonathan s'était associé avec Phillias Laframboise, qu'il voulait pendre, il n'y avait pas si longtemps. Cela faisait partie de l'esprit frontier, où tout était provisoire. On changeait volontiers d'opinion chaque fois que les circonstances s'y prêtaient. Et les rancunes, aussi coriaces qu'éphémères, ne résistaient pas à un geste de camaraderie.

Jonathan et Phillias étaient faits pour s'entendre, car ils étaient de la même nature : enthousiastes et infatigables, généreux et prompts à l'action, et d'une bonne humeur inaltérable.

Tout le monde, à Duclos, voyait déjà en eux les successeurs de Josah et Gerry. Et pour remplacer le sage Hiram, qui d'autre que le sage oncle Gus ? Rien n'était officiel encore, mais y avait-il jamais rien eu d'officiel à Duclos ?

En somme, la vie de la Duclos & Cie s'organisait en fonction de la relève imminente...

Réveillonner en plein Klondike pouvait sembler une gageure, cependant la fête fut très réussie. Hiram avait déniché une dinde vivante à Dawson où un rusé commerçant avait mis au point une technique qui mérite d'être racontée.

Il ne produisait pas lui-même les jeunes dindonneaux. Trop sensibles au froid.

Il les achetait à Fairbanks, déjà bien emplumés mais encore tout légers. Il les engraissait ensuite à Dawson, et les revendait à prix d'or, après les avoir loués tout au long de leur croissance.

Ceci demande une explication.

On vit un jour, paraît-il, un dindon picorer avec acharnement un endroit précis de son enclos. Le propriétaire de l'oiseau, intrigué, creusa et trouva un filon d'or.

Certains prétendirent que cette aventure s'était passée en Californie ou en Eldorado.

D'autres soutinrent qu'elle était à l'origine de la ruée vers le Klondike.

Des audacieux jurèrent même en avoir été témoins. Toujours est-il que la dinde acquit une solide réputation d'oiseau prospecteur et que de nombreux naïfs se firent un devoir d'aller en louer une. C'est ainsi qu'un astucieux éleveur développa une méthode très frontier de canaliser l'or vers ses poches... Et c'est ainsi que la Duclos & Cie put offrir une superbe dinde à ses clients et associés.

Gerry, qui ne croyait pas aux légendes et autres histoires à dormir debout, avait quand même, en préparant la volaille, examiné son estomac.

Mais non.

Il ne contenait aucune pépite.

Nul ne songea, par ailleurs, à reprocher à Gerry que l'achat d'une dinde domestique était une dépense inutile, puisque les dindes sauvages pullulaient au Klondike. Ces volailles, grises et coriaces, étaient toutefois un menu de tous les jours. Un bel oiseau blanc et dodu, lui, constituait un festin de jour de fête. Une courte parenthèse dans l'inconfort de la ruée vers l'or.

Bref, on réveillonnait, en ce 31 décembre 1899.

On chantait, on riait, on portait des toasts.

L'alcool, que le shérif interdisait à Duclos en temps ordinaire, avait fait une timide apparition. Mais ce n'était pas un jour ordinaire et l'oncle Gus, avec un clin d'œil, avait accepté le quart d'un whisky « pas écossais mais presque », qu'Hiram, grand connaisseur, lui tendait.

Il y avait un peu de tristesse dans l'air, aussi.

Comme toujours quand on tourne une page importante.

C'était le dernier Nouvel An de Josah, Hiram et Gerry au Klondike. La fête prenait des accents d'adieux.

— Soyez joyeux, au lieu de larmoyer, leur conseillait Gerry. L'an 1900, avec le début d'un siècle nouveau, verra votre indépendance. Vous n'aurez plus, à chacun de vos gestes, un vieux Hiram pour venir vous inspecter !

— On aura un vieil oncle Gus, ça reviendra au même, lança Phillias qui, sur le plan de l'impertinence, ne le cédait en rien à Gerry.

Quand arriva ce mois de mai tant attendu, les trois associés étaient fin prêts. L'avaient-ils préparé, ce retour ! Non que l'entreprise fût compliquée. Ils n'emportaient rien avec eux. Mais avec ce maître organisateur qu'était Hiram McGuire, pas question de laisser un détail en suspens.

C'était mieux ainsi, d'ailleurs. Les adieux sont moins pénibles quand tous les aspects du départ sont minutieusement mis au point. La séparation se fait rapidement et dans la sobriété.

Le caporal Gibson les accompagnerait jusqu'à Chilcoot Pass.

Jonathan et Phillias jusqu'à Fairbanks.

Ils ramèneraient les mules, que les partants laissaient à leurs amis, en cadeau d'adieu, avec tous les bâtiments de Duclos.

Le passage par Seattle était une formalité inutile. Hiram aurait fort bien pu faire virer l'or à Montréal depuis Fairbanks.

Mais Hiram refusait d'être loin de son or. Il aimait le recompter régulièrement, voyager à son côté.

Josah et Gerry n'avaient rien à faire de précis à Seattle, sinon un brin de tourisme.

Rien ne les empêchait d'aller attendre Hiram à Bois-Rouge. Mais leur solidarité n'avait pas commencé à s'émousser. Ils avaient quitté Bois-Rouge ensemble ; ils y retourneraient ensemble.

Il avait été décidé que la commune fortune des trois amis serait partagée selon le mérite de chacun : quarante pour cent à Josah, trente pour cent à chacun des deux autres.

Josah avait exigé une rectification de dernière minute :

— Pas question que je revienne plus riche que vous deux. On partage en trois.

— C'est grâce à toi qu'on a trouvé tant d'or, plaida Hiram.

— Sans toi, il n'y aurait pas eu la Duclos & Cie. Je n'aurais pas su m'organiser. J'aurais peut-être tout perdu.

— Sans toi, ajouta Gerry, on se serait fait manger la laine sur le dos par les sbires de la Barruga.

— Peut-être, admit Josah, mais vous ne m'empêcherez pas de vous faire un cadeau d'amitié.

Hiram finit par céder en se disant qu'à la place de Josah il aurait eu la même attitude.

Gerry accepta aussi, mais y mit une condition :

— Une fois à Bois-Rouge, nous restons à ton service pour t'aider dans ta lutte contre Celina. Et si elle l'emporte, je me donne le droit de lui trouer la peau définitivement !

— D'accord, Gerry. Ton amitié me sera précieuse, mais n'oublie pas que j'aurai Chamane pour m'aider. Chamane et moi contre Celina : nous ne pouvons pas perdre.

24

Le retour des brebis égarées se fit à grand tapage. L'expression était de Fortunat Lacasse qui puisait volontiers la formulation de ses sentiments dans le Nouveau Testament.

Le maire y alla d'un discours.

Le curé donna une messe d'Action de grâce.

Maire et curé ne furent en fait que les premiers d'un long défilé de mendiants.

Ce n'était plus comme au Klondike.

À Duclos, les amis vous fêtaient sans arrière-pensée. Ils fêtaient pour fêter.

Ici on devinait, derrière chaque ami, un quémandeur. Derrière chaque effusion, une main qui resterait tendue après avoir été serrée.

Avant leur départ de Bois-Rouge, leurs amis les aimaient, chacun à sa mesure.

Maintenant, tout le monde les aimait avec ostentation.

Josah, Hiram et Gerry avaient commencé à faire connaissance avec l'amertume de la richesse.

Heureusement, il y avait les parents. Ceux-là étaient simplement fiers de la richesse de leurs rejetons, et n'en convoitaient pas la moindre pépite. Gerry parla d'agrandir le magasin général, voire de le reconstruire en briques. Télesphore et Mathilde Lamarche refusèrent catégoriquement. « Tu feras ça quand tu auras hérité... »

Josah parla de ferme modèle. Jean-Baptiste Duclos trouva l'idée excellente, mais pas question de métamorphoser sa bonne vieille terre en une espèce de laboratoire ! Son bonheur, c'était d'avoir à faire sa tournée de lait tous les jours et de tailler une jasette à gauche ou à droite, quand un ami se présentait. Dans une ferme modèle, le lait se déplace dans de beaux tuyaux chromés et se fait transformer sur place. Et toi aussi tu te fais transformer. Tu cesses d'être un cultivateur pour devenir un directeur d'entreprise. « Quand ça sentira le désinfectant au lieu de la crotte de vache, dans mon étable, c'est que je serai mort. »

Par contre, chez Lamarche et chez Duclos, on mit les petits plats dans les grands pour recevoir les voyageurs. Hiram, n'ayant pas de famille à Bois-Rouge, fut invité.

De même que tous les Duclos chez les Lamarche.

Et tous les Lamarche chez les Duclos.

Sept Lamarche et six Duclos, plus Hiram, plus Petit Nuage, cela faisait quinze personnes à table. Auxquelles se joignaient avec plaisir maire et curé.

Le seul dont on n'avait pas encore entendu parler, c'était Angelo Buglio. Il avait soixante-treize ans. Aux dires des gens, on ne le voyait plus guère au village, surtout depuis que la sorcière était revenue hanter sa vieille écurie.

Poanda et Josah purent trouver un moment d'intimité pour faire le point sur le sujet.

— Je n'ai pas vu ma mère depuis son retour. Je sais seulement qu'elle est blessée. Elle se traîne en s'appuyant sur une canne.

— Et Chamane ? Qu'en pense-t-elle ?

— Tu dois bien t'en douter. Elle se prépare pour l'affrontement final.

— Et la fontaine ? Elle est revenue ?

— Elle n'est jamais partie. Chamane non plus, d'ailleurs.

— Alors ce que j'ai vu au Klondike, ce n'étaient que des projections ? Pourtant cela avait l'air bien réel.

— À vrai dire, je n'ai jamais su, avec Chamane, ce qui était réel et ce qui était projeté. Je commence à croire que tout est irréel depuis la première fois que je l'ai rencontrée, il y a une cinquantaine d'années. Mais cela n'a aucune importance. Je suis habituée à voir le réel et le surnaturel se mêler, dans ma vie, de façon tellement intime que je n'arrive plus à les distinguer l'un de l'autre.

Josah avait essayé d'en avoir le cœur net en posant la question directement à l'intéressée.

Chamane était-elle réelle ou non ?

Il en avait été pour ses frais.

Ce n'était pas qu'elle refusât vraiment de répondre aux questions. Simplement, elle n'en voyait pas la nécessité. Chamane avait sans doute beaucoup de pouvoirs, mais il lui en manquait un, la faculté de s'arrêter aux détails. Quand elle ne répondait pas à une question, c'était simplement parce qu'elle n'avait pas pu s'y intéresser.

Mais aujourd'hui, Josah avait des questions bien plus essentielles à poser à Chamane. Quand aurait-il repris assez de forces pour affronter Celina ? Comment la piéger ? Surtout, comment la vaincre ? Comment se protéger de ses pouvoirs ? Et d'ailleurs, quels étaient-ils, exactement, ses pouvoirs ?

— Tu es bien impatient, petit, répondit-elle avec un tendre sourire. Beaucoup d'hommes attendent toute leur vie que se présente le moment que tu espères.

— Pourquoi ne pas plutôt s'arranger à l'amiable ? Quelque chose dans le genre : « Tu me donnes ce qui m'appartient, je te rends ce qui est à toi, merci et adieu ! »

— Elle n'attend que ça pour te vaincre. Elle s'est longuement préparée à cette éventualité. Il vaut mieux l'inciter à venir ici de son plein gré. À partir de maintenant, chaque fois que tu viendras te faire soigner, amène Petit Nuage avec toi. Elle se sert de lui pour espionner. Elle le faisait déjà à Tagish ; la nuit, elle explore son esprit. Ce qu'elle ignore, c'est que moi aussi je visite l'enfant dans ses rêves. Ma supériorité sur elle, en ce domaine, c'est que je sais comment me cacher, elle non.

Petit Nuage, mon futur père, avait alors sept ans. En fait, on n'en savait rien, mais pour simplifier, on avait décidé une fois pour toutes qu'il avait cinq ans lorsqu'il avait été recueilli à Duclos. On lui avait même fabriqué une « vraie » date de naissance à recopier dans le registre d'état civil.

Le 21 mars 1893.

Fortunat Lacasse, toujours prompt à brandir son goupillon sur un nouveau venu, était allé voir Poanda pour s'informer : le petit était-il baptisé ? Elle dut avouer qu'elle n'y avait pas pensé.

Fortunat, soupçonnant mon arrière-grand-mère de n'en avoir cure, avait décrété que, dans le doute, il valait mieux baptiser deux fois que pas du tout.

La cérémonie fut fixée au lendemain.

Bien sûr, on ne put inscrire l'enfant dans le registre des naissances sous le nom très païen de Petit Nuage. Encore moins sous celui, très anglais, de Lil' Cloud. Madame Franzetti qui, en matière de mots, avait toujours le dernier, décida que le nom chrétien le plus proche de Cloud était Claude, et le petit devint Claude Duclos aux yeux de la chrétienté.

Josah décida, dans la foulée, de l'adopter. Lacasse lui objecta qu'il devrait d'abord prendre femme. Josah lui dit que de toute façon, l'enfant vivait déjà avec lui et portait déjà son nom.

Pour la seconde fois depuis la veille, le saint homme voyait ses paroissiens traiter la religion par-dessus la jambe. Était-ce déjà cette contre-offensive du diable que des prophètes de malheur annonçaient pour le vingtième siècle ? Mais Fortunat, dont la bonne nature reprenait toujours le dessus, conclut qu'il « fallait vivre avec son temps ».

Puisque l'enfant avait sept ans, madame Franzetti l'accueillit dans son école. Un marmot mal élevé le traita de sauvage. Un autre lui lança des cailloux à la récréation. Deux solides fessées mirent un terme au racisme en milieu scolaire.

Provisoirement.

Faire taire le sectarisme borné de quelques demeurés était une chose.

Juguler celui des commissaires d'école en serait une autre.

Mais ceci est une autre histoire. En fait, ce sera bien plus mon histoire que celle de mon père.

25

Celina pénétra, clopin-clopant, dans la maison de son frère. Le poison ajouté à la pinte de lait avait dû faire son œuvre. Hier, Jean-Baptiste, comme chaque jour, avait déposé ses produits devant la porte d'Angelo. Le vieux étant au champ, Celina n'avait pas laissé passer l'occasion.

Elle était fatiguée de vivre dans l'inconfort de l'ancienne écurie. Et le mal qui lui rongeait la jambe l'empêchait de se donner le tracas de faire construire une maison digne de sa fortune. Bien sûr, elle était riche à millions. On aurait pu s'attendre à la voir s'installer à la mesure de ses moyens.

Mais voilà : personne, à Bois-Rouge, n'aurait accepté de travailler pour elle. De toute manière, Celina avait d'autres projets en tête. Elle n'avait pas le goût du luxe. Et la maison d'Angelo était un vrai palace après le Klondike.

La mort l'avait pris sur son siège. Le vieux Calabrais n'avait pas eu le temps de se sentir malade ni de se mettre au lit.

Il en avait glissé et gisait à terre.

Les pieds sous la table.

La tête sur les barreaux de la chaise.

Cette tête obligeamment tendue pour qu'on lui passe la corde au cou.

Toujours aussi efficace, l'extrait de datura !

La sorcière s'en alla chercher Calabrese, le hongre noir d'Angelo. L'animal placide ne fit aucune objection à traîner son ancien maître par le cou jusque dans la vieille écurie. Celina le reconduisit dans ses pénates, lui ôta le collier, l'enferma dans sa stalle.

Puis revint dans la bâtisse qu'elle avait occupée pendant tant d'années.

Elle en sortit le coffre contenant ses précieux écrits et plusieurs petits sacs de toile, déposa le tout à terre.

Lança un regard.

La masure se mit lentement à brûler.

Avec réticence.

Celina dut insister, l'effort la fatigua.

Ses pouvoirs, décidément, n'étaient plus ce qu'ils avaient été, depuis ce regrettable incident, à Tagish, où elle avait dû se surpasser sans même assouvir toute sa vengeance. Il était grand temps qu'elle aille se ressourcer à la fontaine où, chaque semaine, Josah reprenait dangereusement des forces.

Petit Nuage avait congé. Comme tous les mercredis, il accompagnait Josah auprès de Chamane. Josah avait invoqué des « cours de culture amérindienne ». Poanda, plus pratique, avait invoqué la coutume qui permettait de garder un enfant à la maison quand les travaux de la ferme l'exigeaient. Aucune loi n'imposait encore la fréquentation de l'école, mais il fallait bien faire taire les méchantes langues en leur donnant des prétextes crédibles.

Josah sortit de l'eau où il barbotait en compagnie de son fils adoptif. Il se sécha et se rhabilla tandis que Chamane prenait soin de l'enfant. La vieille s'arrêta soudain et tourna la tête en direction du chemin qui menait à la clairière.

Elle avait senti la présence de l'intruse avant même que cette dernière apparaisse.

Celina arrivait en boitant, appuyée sur sa canne.

— Que viens-tu faire ici ? demanda calmement Chamane. Je ne t'ai pas invitée.

— J'ai suivi Josah, sans quoi je n'aurais pas retrouvé ta fichue fontaine !

— Je te l'ai déjà expliqué. Elle n'est visible que pour ceux qui en ont besoin.

— Eh bien ! J'en ai besoin, figure-toi. Josah m'a rendue infirme, il n'est que juste que moi aussi, je profite de tes soins. Je suis sûre qu'un bon petit bain me redonnera des forces.

— Je ne t'y autorise pas.

— Je me passerai de ton autorisation, répliqua-t-elle en ricanant méchamment. Et quand j'aurai retrouvé ma santé, je m'occuperai à ma façon de tes petits protégés !

Devant Josah et Petit Nuage, médusés, et Chamane impassible, Celina se dévêtit et se plongea dans l'eau avec un rire féroce. Chamane ferma les yeux. Il émana d'elle une aura redoutable. Comme la radiation se dégageant d'un poêle chauffé au rouge et qui empêche de s'en approcher.

Mais cette radiation-là ne brûlait pas le corps.

Elle n'atteignait que l'esprit.

Josah et Petit Nuage reculèrent. Ils sentaient qu'une chose importante se préparait et qu'ils ne devaient pas s'en mêler.

— Ne regardez pas ses yeux, ordonna Chamane.

Josah et l'enfant se détournèrent. Les yeux de Celina, écarquillés, émettaient une malfaisante lueur mauve.

L'eau de la fontaine se mit à bouillonner.

La sorcière tenta de s'en extraire, mais ses membres ne lui obéissaient plus.

Elle menaça dans un râle :

— Ôte-moi de cette saleté ! Elle est bouillante ! Je ne chercherai plus à te nuire, mais fais-moi sortir de là, vieille chipie ! Ne me tue pas !

— Josah ! cria Chamane, tu dois la vaincre maintenant. Je joins ma force à la tienne !

Josah obtempéra. Une rage malsaine s'empara de lui. Sa vision s'embrouilla, il chancela.

Il s'effondra. À quatre pattes, il continua à vouloir de tout son être la mort de l'ennemie. Quelque chose éclata en lui.

Il perdit conscience.

Celina s'était tue.

Ses yeux s'étaient fermés.

Elle glissa lentement vers le fond de la vasque. Son visage était à présent sous l'eau, convulsé par un hideux rictus d'agonie. Sa bouche, formulant quelque malédiction dernière, cracha les bulles d'un inaudible cri de mort.

Ses cheveux flottaient, détachés d'un crâne qui avait commencé à se dissoudre. Des chairs liquides se mirent à troubler l'eau dans laquelle on voyait luire des os décharnés. Le squelette, à son tour, fondit et commença à s'écouler dans le ruisseau. L'eau s'apaisa, se purifia, retrouva sa limpidité. Celina Barruga n'était plus qu'un mauvais souvenir.

Josah reprit peu à peu conscience. Chamane lui baignait le visage de l'eau qui venait de dissoudre son ennemie mortelle. L'eau était douce, tiède, un peu pétillante, merveilleusement réconfortante.

— Je me sens étrangement vide.

— C'est très bien ainsi. La part de Celina qui était en toi a disparu dans l'eau de la fontaine. Tu as repris possession de tout ton être. Mais tu es très fatigué. Tu passeras la journée et la nuit dans ma maison. Poanda viendra chercher Petit Nuage. Demain tu pourras rentrer chez toi.

Chamane a brûlé les vêtements de Celina. Il fallait qu'il ne subsiste rien de la sorcière pour que la délivrance soit complète. Dans les cendres, elle a retrouvé une petite clé que Josah, à tout hasard, a conservée. Et un menu cristal de quartz aux formes parfaitement régulières.

— Ça, dit la vieille femme, c'est le cadeau le plus maladroit que j'aie jamais fait.

Chez Angelo Buglio aussi, on a retourné des cendres. On y a découvert, dans les ruines d'une dépendance de la maison, les vestiges calcinés du maître des lieux.

On aurait préféré contempler ceux de la sorcière.

Qu'était-elle devenue, au fond?

Josah a rapporté qu'elle s'était noyée dans le ruisseau, lequel avait emporté le corps. Ce n'était, en somme, qu'un demi-mensonge. On a simplement changé de ruisseau pour la version officielle, désignant celui qui bordait la terre des Duclos et qui, parfois, se montrait tumultueux.

On n'a pas trop approfondi.

Celina, par une sorte de conspiration du silence, n'était même pas inscrite dans le registre de la population. Elle n'avait donc pas d'existence réelle. On ne pouvait consigner dans aucun registre la mort de quelqu'un qui n'existait pas.

Et puis, bon débarras !

On s'est empressé de prendre pour vérité la parole de Josah Duclos, un homme respecté de tous.

« Et catholique », a ajouté Fortunat Lacasse.

Et riche, a-t-il pensé tout bas.

Il a secrètement prié pour qu'on ne retrouve jamais le corps de la noyée, dont il n'eût su que faire. Dieu, discrètement prévenu par Chamane, sembla l'exaucer.

Puis on s'est rappelé un bref instant que la sorcière était la mère d'une honnête paroissienne, et qu'Angelo en était l'oncle. On a vite déclaré Poanda doublement légataire universelle. À Angelo, on a bâclé des funérailles sommaires, n'ayant de chrétiennes que l'appellation. On a vite rebouché le trou et on s'est dépêché de penser à des choses moins inquiétantes.

Poanda, sans grande curiosité, se mit en devoir de visiter la sordide masure dont elle venait d'hériter. Le cheval, la charrue et la machine à coudre étaient bons à prendre. Le reste méritait juste d'être rasé pour faire de la place. La terre permettrait d'étendre les pâturages de la ferme Duclos.

Il y avait toutefois ce coffre en acier.

On verrait cela plus tard.

Il y avait aussi sept petits sacs de toile. Ils contenaient assez d'or pour faire de Poanda la femme la plus riche de Bois-Rouge.

26

Un dénommé Alphonse Desjardins venait d'avoir, à Lévis, une drôle d'idée. Il avait fondé une espèce de banque non pas pour les riches, mais adaptée aux simples travailleurs. Et ce n'étaient pas les riches qui la dirigeaient, mais des gens ordinaires. Des membres élus par les autres membres.

Hiram, qui avait gardé, depuis le Klondike, l'esprit frontier, trouva, comme tout le monde, l'idée farfelue.

Il n'en fallait pas plus pour qu'il s'y intéresse.

Le principe, au fond, était excellent : on emmagasinait l'argent des déposants, on le prêtait à ceux qui n'en avaient pas, et on redistribuait le bénéfice de l'opération entre les membres.

Hiram, à qui l'inaction pesait, fila à Lévis rencontrer le curieux inventeur. Au lieu du démagogue auquel il s'attendait, il fit la connaissance d'un gentleman très sérieux. Un peu austère, même. Journaliste et fonctionnaire, monsieur Desjardins était vêtu avec une élégance rigoureuse. Il parlait posément, mais quand la conversation concernait sa caisse populaire, ses yeux se mettaient à briller et il devenait intarissable.

Une chose frappa Hiram dès la première rencontre. Un détail qui allait bouleverser toute la vie économique de la région de Bois-Rouge.

La moustache d'Alphonse Desjardins était en tout point identique à la sienne.

Fut-ce là le détail déterminant qui, d'emblée, lia les deux hommes ?

Toujours est-il qu'ils se plurent.

Hiram avait déjà décidé de fonder une caisse populaire à Bois-Rouge. Desjardins lui exposa ses principes. L'argent des épargnants est de l'argent canadien-français et catholique. Les banques sont anglaises et protestantes.

C'était donc une erreur de déposer l'un dans les autres.

Pour mettre un village à l'heure de la coopération, la première étape était d'avoir le curé de son côté. Quelques bienveillants sermons publicitaires plus tard, on dotait la communauté d'une caisse populaire. Elle ne tardait pas à devenir florissante. Avec une coopérative financière, l'argent d'une région restait dans la région au lieu d'aller engraisser Ottawa ou Toronto.

Voire Tombouctou, puisque toutes les banques du monde étaient connectées entre elles.

Hiram, à proprement parler, n'était ni catholique, ni canadien-français. Mais l'argent n'a pas d'odeur. L'or encore moins.

Fortunat se fit un peu tirer l'oreille, au début.

Comme toujours.

Mais l'église de Bois-Rouge avait récemment été massacrée par une chute de météorites, en plein sermon, pendant la grand-messe.

Un coup du démon, sûrement.

La promesse d'un taux préférentiel pour aider à la construction d'une nouvelle église, spacieuse et en briques, ne tarda pas à l'emporter.

Avant la fin de l'année, la caisse populaire de Bois-Rouge était ouverte. Elle n'avait encore que quatre comptes, mais son capital se chiffrait à tant de millions qu'on osait à peine en chuchoter le montant exact. Peu à peu, tout le village devint membre de la coopérative.

Le curé Lacasse avait bien fait son travail de propagande. Il n'avait pas été jusqu'à dire que ceux qui déposaient à la banque iraient en enfer, mais pour qui savait lire entre les lignes...

L'année suivante, Josah racheta le bout de terrain où se trouvait la cabane de feu son oncle et y fit bâtir une confortable demeure dans laquelle il s'installa avec Petit Nuage. L'homme et l'enfant étaient devenus inséparables depuis qu'ils avaient vaincu les maléfices de la Barruga.

Josah se présenta aux élections et fut réélu maire.

Il le resta toute sa vie.

Dès son premier mandat, il dota le village d'un poste de police, d'un corps de pompiers volontaires, d'un hôtel de ville avec une horloge qui sonnait (Fortunat avait un peu tiqué : il aimait avoir le monopole des cloches), d'une rue principale asphaltée selon le procédé de monsieur John Loudon McAdam et éclairée selon celui de monsieur Thomas Edison.

Hiram se fit bâtir une maison victorienne donnant sur la Principale et présida à l'érection d'une église méthodiste. La première à être financée par la très catholique caisse populaire. Il faut dire qu'Hiram était président de ladite caisse.

Il le resta toute sa vie.

Gerry Lamarche vit grand. Il finit par convaincre ses parents d'agrandir et de moderniser le magasin général. Il le flanqua d'une boucherie-épicerie, d'un commerce de vêtements et chaussures, et de quatre autres magasins qui seraient loués à de futurs marchands. La première à s'y établir fut l'institutrice, madame Franzetti, fondatrice d'une boutique de mode.

Non content d'avoir conçu, avant la lettre, le premier centre commercial de la belle province, Gerry fit édifier un immense hangar, à côté du commerce familial. Il y installa la première coopérative agricole. En 1908, on y verra arriver, pétaradant, le premier tracteur, ce « merveilleux cheval qui ne mange que quand il travaille ».

C'est ainsi que Gerry Lamarche, l'aventurier qui, naguère, confiait ses sous à Hiram pour n'avoir pas à les compter lui-même, se transforma, fortune aidant, en un homme d'affaires avisé.

Il le resta toute sa vie.

Les corollaires de l'urbanisation apparurent spontanément, sans que les nouveaux riches de Bois-Rouge aient à y voir. C'est ainsi qu'on vit s'établir un médecin, une loge maçonnique, un cordonnier, un vétérinaire, un restaurant, une taverne, un apothicaire, une secte religieuse et un journal, *L'Écho de Bois-Rouge.*

Gerry est devenu, comme il se l'était promis, le premier automobiliste de Bois-Rouge. Il s'est fait construire, en arrière du complexe commercial, un garage. Puis il est allé à Détroit chercher sa voiture. Une Ford, modèle T. Un fabuleux bolide à bord duquel il n'a mis que deux semaines pour revenir ! Il a choisi d'entrer au village à onze heures du matin, heure à laquelle tous ont pu l'admirer. Il a parcouru six fois la rue principale, saluant les badauds à grands coups de trompe, envoyant des baisers aux jolies filles. *L'Écho de Bois-Rouge* lui a consacré un article à la une. Le journal en profita pour publier son premier daguerréotype montrant Gerry, vêtu de gabardine, coiffé d'un casque de cuir surmonté de lunettes rondes, une botte sur le marchepied de sa machine. La merveilleuse voiture existe toujours. Il l'a offerte à son fils Gérard junior en cadeau de noces lorsque je l'ai épousé.

Depuis quarante-huit ans, Poanda rendait visite à Chamane tous les jours. Chaque fois, elle s'enrichissait du vaste savoir de l'aïeule ; chaque fois, elle se fortifiait au contact de l'eau de la fontaine, cette étrange fontaine qui rend plus forts les bons et tue les méchants. Poanda renouvelait quotidiennement un vieux pacte d'amour qui l'unissait à Chamane depuis sa naissance.

Mais aujourd'hui n'était pas une visite de routine. Une chose préoccupait Poanda : ce petit coffre d'acier qu'elle avait trouvé dans la maison de son oncle et qu'elle n'avait jamais ouvert, faute d'en avoir la clé.

— Tu dois te douter de ce qu'il contient, ma chérie. Tu n'as qu'à demander la clé à Josah. Il l'a récupérée dans les cendres des vêtements de Celina, le jour où justice a été faite.

— Oui, Chamane, je crois savoir ce que renferme le coffre. Mais qu'arrivera-t-il si j'en prends connaissance?

— Si tu es prête à le faire, il n'arrivera rien que tu n'aies voulu. Ce n'est pas le savoir qui tue, mais l'ignorance. Tu as cinquante-cinq ans, Poanda, tu es parvenue à ta maturité. Tu as la sagesse que j'avais quand je t'ai connue. Es-tu prête à devenir, à ton tour, la gardienne de la fontaine?

— Oui, mais que faudra-t-il que je fasse?

— Tu le découvriras. Et quand je partirai, tu recevras tous les pouvoirs que je ne t'ai pas encore donnés.

— Le regard-qui-tue?

— Oui. Je l'avais prêté temporairement à Josah, ainsi que le don de voyance. Tu auras tout cela et bien d'autres choses, quand je partirai.

— Quand tu partiras? Mais où iras-tu?

— Nulle part. D'ailleurs, il y a longtemps que je ne suis plus nulle part. Mais n'essaie pas de comprendre. Sache seulement que j'irai me fondre dans l'essence même des choses. Je connaîtrai le bonheur qu'on ne peut trouver que dans l'oubli de soi-même. Tu comprendras quand tu seras prête à partir à ton tour. Mais pour cela il faudra que ta destinée soit accomplie, comme la mienne l'est aujourd'hui.

— Je ne te reverrai plus, n'est-ce pas, Chamane ?

— Non, petite. Mais ce ne sera plus nécessaire, puisque je serai en toi. Moi et toutes celles qui m'ont précédée auprès de la fontaine depuis qu'il y a des hommes sur la Terre. Adieu, Poanda. Je t'aime.

Les deux femmes se turent. Les mots n'étaient plus utiles. Elles se contentèrent de mettre dans leur regard tout l'amour qu'elles éprouvaient l'une pour l'autre.

La silhouette de Chamane, peu à peu, devint transparente. Elle se fit brume qui rejoignit la brume de la fontaine, dansa avec elle un instant, se fit plus diffuse encore, s'évanouit dans le vent. Il resta la fontaine, il resta la petite maison.

Il resta Poanda.

Poanda qui, à mesure que Chamane disparaissait, se sentait investie par les extraordinaires pouvoirs que la vieille, en s'effaçant, faisait passer en elle.

27

Élevé par Chamane, Poanda et Josah, mon père, Petit Nuage, grandit dans la fierté de ses origines, et cela ne se passa pas toujours sans heurt. Mais l'enfant était intelligent. Dès sa rentrée, il se révéla le meilleur élève de l'école.

Ce manque révoltant de modestie, de la part d'un « sauvage », lui valut la jalousie de plus d'un cancre ignorant, mais blanc.

En particulier ce jeune Évariste Bergeron, un grand boutonneux de quinze ans que madame Franzetti se contentait de faire régulièrement redoubler. Il eût été mal vu de faire tripler le fils d'un commissaire, même si ledit commissaire comptait sur ses doigts et signait ses papiers d'une croix.

Évariste, un jour, mourut.

Comme cela, subitement.

Le docteur diagnostiqua une rupture d'anévrisme, mais cela n'empêcha pas les mauvaises langues de s'agiter dans plusieurs bouches venimeuses. Le « sauvage » avait-il jeté un sort à Évariste ? Après tout, c'était le fils de Josah Duclos, lui-même petit-fils de sorcière…

Les ragots, heureusement, s'échangeaient à huis clos. Quand les rideaux étaient tirés et les enfants au lit.

On n'attaque pas ouvertement le fils du maire, qui de surcroît est un des hommes les plus riches de la province. Et qui comble Bois-Rouge de bienfaits. Mais quand même, hein ? Bizarre coïncidence…

Les cancans n'atteignirent même pas Petit Nuage. D'abord parce que nul n'osait les formuler en sa présence. Et ensuite parce que Petit Nuage s'en moquait éperdument. Il planait loin au-dessus des mesquines vicissitudes dont les gens font leur quotidien.

À douze ans, mon père quitta l'école, au grand regret de madame Franzetti qui se voyait ainsi dépouillée de son élite intellectuelle. Mais son élève en savait assez.

Il maîtrisait à présent ce que Chamane et Poanda avaient négligé de lui enseigner : l'écriture et le calcul. Il parlait couramment français, algonquin et anglais. Pour le reste, il était bien trop érudit pour perdre davantage son temps sur les bancs de l'école.

Il disparut un jour.

On le vit revenir deux mois plus tard avec un énorme ballot de toile.

Un tipi.

Il passa une journée dans le bois à récolter douze perches d'épinette : l'armature de ce qui désormais serait son habitation d'été, érigée à proximité de la fontaine, dans ce petit territoire où seuls les initiés avaient droit de cité. Ses hivers, il les passerait entre deux voyages, dans la maisonnette de Chamane Poanda.

Il m'est difficile de raconter l'histoire de Petit Nuage. Bien qu'il ait été pour moi un père dont chaque geste, chaque parole fut un émerveillement, sa personne resta toujours nimbée de mystère. Il veillait à ce que je ne manque de rien, certes, mais laissait à Poanda le soin d'élaborer mon épanouissement. Il était absent le plus clair de son temps, sans rien me révéler de ses activités. Je sais seulement qu'il pensait à moi ; quand il revenait, il apportait toujours un cadeau. Petit Nuage m'aimait, à sa façon. Il le manifestait moins par des gestes que par la passion qui enflammait son regard.

Il ramenait aussi des bribes de sagesse qu'il partageait avec Poanda. Comme si ces choses qu'il apprenait ailleurs devaient régulièrement se faire policer et ordonner par sa grand-mère.

Quand il arrivait, plein de connaissances nouvelles, il était fiévreux. Puis, au long des heures passées à discuter avec Poanda, il s'apaisait. Il retrouvait cette sérénité qui était sa vraie nature. Alors il s'occupait longuement de moi. Et puis il repartait glaner d'autres illuminations...

Où allait mon père ? Il ne me le dit jamais. Et Poanda omit de m'éclairer sur le sujet. Elle était devenue, comme Chamane, parcimonieuse en paroles. Elle ne répondait qu'aux questions concernant l'essence même des choses.

Pour la petite fille que j'étais, ce ne fut pas drôle tous les jours. J'aurais aimé échanger avec mon père et mon arrière-grand-mère de ces petites et douces futilités qui font la joie des enfants. Je dus me contenter de plaisanter avec mes compagnons d'école, mais rares étaient ceux qui acceptaient de me fréquenter.

Tout le monde à Bois-Rouge savait que Poanda était une chamane, et tout le monde apprit que je suivais ses traces.

Mais sans jamais en découvrir davantage.

Un jour, Poanda demanda à Josah la clé du coffre de Celina. Il lui avait fallu bien du temps. Elle avait préféré attendre de ne plus en avoir peur. Sans un mot, son fils sortit de sa chemise le petit objet, pendu à une chaînette.

— Tu l'as gardée sur toi pendant tout ce temps ?

— Oui. J'ai compris que cette clé ne pouvait qu'être celle du coffre de Celina. Je pensais bien qu'un jour tu me la demanderais.

— Tu es un sage, Josah.

— Pas vraiment. Il ne m'appartenait pas de décider du sort de cette clé. Je ne voulais pas non plus qu'elle tombe en des mains profanes. Alors je l'ai conservée dans le seul endroit où j'étais sûr de pouvoir la surveiller jour et nuit.

— Donne-la-moi.

— Je suppose que tu as la force d'affronter le manuscrit maudit de ma grand-mère.

— Je suis prête, même si je redoute l'instant d'ouvrir le coffre. Je brûlerai tout ce qui pourrait nuire à qui que ce soit.

— Et si ce coffre était l'ultime piège de la Buglio ? Pourquoi ne pas tout détruire tout de suite ?

— Je prends un risque calculé. Mais il est de mon devoir de savoir. Je suis la fille de Celina. J'ai de son sang dans les veines. Je ne serai pas en paix tant que je n'aurai pas accompli ce dernier geste. Et j'ai besoin de beaucoup de paix pour venir à bout de la tâche qui m'attend. Ce sera en quelque sorte mon épreuve finale avant d'occuper définitivement la place que m'a laissée Chamane.

— Tu seras à la hauteur, je n'ai aucune crainte à ce sujet. Mais fais quand même attention.

Josah se rappela alors que la clé n'était pas le seul objet que Chamane avait retiré des cendres des vêtements de Celina. Il fit patienter sa mère et revint avec ce curieux cristal qui donnait à la main qui le tenait une sensation de chaleur.

— C'était avec la clé. Peut-être les deux objets se complètent-ils.

Poanda reçut le quartz distraitement. On en trouvait souvent dans la région. Celui-là n'avait apparemment de rare que son exceptionnelle régularité.

o

Petit Nuage ne prit femme qu'à cinquante-cinq ans, en 1942. Il revint un jour de l'une de ses errances, accompagné d'une jeune squaw enceinte. La femme avait vingt-huit ans, elle s'appelait Marguerite. Rien à voir avec la Marguerite chrétienne. Simple homonymie ! Cette Marguerite-là était celle qui pousse hors des sentiers battus et qu'on nomme parfois « leucanthème » ou encore « œil-de-bœuf », et que les esprits obtus qualifient abusivement de mauvaise herbe. C'était le totem de ma mère.

De Marguerite, je sais peu de chose. Elle m'a mise au monde, m'a allaitée, puis m'a confiée à Poanda. Mon arrière-grand-mère avait, à ma naissance, quatre-vingt-dix-huit ans. Cet âge avancé ne l'empêcha pas de m'élever. Je sais, maintenant que je suis à mon tour gardienne de la fontaine, qu'on peut vivre très longtemps quand on est chamane.

Je suis née à la pleine lune de mars 1943. Dès mon arrivée, Poanda me lava dans la fontaine, puis Petit Nuage attendit jusqu'à la mi-avril, au premier quartier de la lune montante, pour me soulever à bout de bras et crier quatre fois mon nom : Pied-de-Lièvre. C'est ainsi que l'on appelle le trèfle des champs, aux délicates fleurs soyeuses gris-rose. Pour les besoins du baptême et de l'état civil, on s'appliqua à trouver une ressemblance entre trèfle et Thérèse.

Mais Thérèse Duclos ne sera jamais qu'une rature dans un registre poussiéreux.

Je suis et je reste Pied-de-Lièvre.

28

Bien des années avant ma naissance, Poanda ouvrit le coffre de Celina Barruga. Un jour que Petit Nuage était parti à la poursuite de son destin, elle apporta la chose dans sa maisonnette près de la fontaine, alluma le poêle d'un simple regard, introduisit la clé dans la serrure.

Tourna.

Ouvrit.

Rien ne se passa.

Point de vol de fantômes, point de fumée sulfureuse. Mais des objets. Beaucoup d'objets reposant sur une liasse de feuillets.

Il y avait principalement des sachets de peau fermés par des cordons, et de petites boîtes de babiche au couvercle soigneusement ajusté. Quatre sacs contenaient des cheveux.

À quoi pouvaient servir des cheveux dans les mains d'une sorcière, sinon à pratiquer l'envoûtement ?

Avant d'aller plus loin, Poanda voulut savoir.

Elle se plongea dans cet état second que Chamane lui avait fait découvrir et qui lui permettait d'accéder à l'essence des choses.

Sa vision se précisa. Les cheveux du premier sachet étaient les siens. Elle se vit, enfant, profondément endormie dans la cabane de La Belette. Celina se penchait sur elle et, d'un coup de couteau, prélevait une mèche, l'enfouissait dans une petite bourse qu'elle cachait, pendue en sautoir, sous sa chemise.

Plus tard, Celina était dans le bois. Elle relevait les pièges. Son travail fini, elle sortit la bourse, l'ouvrit, regarda à l'intérieur.

Celina y vit ce que Poanda voyait.

La Belette nettoyait son fusil à poudre noire. Il vérifia le bon fonctionnement de la mise à feu, versa une mesure d'explosif dans le canon, appuya l'arme contre le mur. Il prit une boulette de poils de lièvre qu'il fit feutrer en la frottant entre ses paumes. Il introduisit cette bourre dans le fusil et la tassa au moyen de la baguette. Dans un sac de toile, il choisit une balle de plomb, la fit tomber dans le canon, la recouvrit d'une nouvelle bourre, tassa légèrement.

Poanda se souvenait de cette scène, parce que c'étaient ses yeux à elle qui l'avaient vue. Celina, par la magie d'une mèche de cheveux, y avait assisté, elle aussi, se servant de sa fille pour espionner La Belette.

Poanda jeta la bourse et son contenu dans le poêle. Elle se sentit aussitôt saisie d'une sorte d'éblouissement. Sa vision s'éclaira, devint plus précise, plus perçante aussi.

Une partie de ses sens avait été retenue prisonnière dans cette petite bourse.

Le feu venait de la libérer.

La gardienne de la fontaine ouvrit le deuxième sachet. Elle vit La Belette boire le whisky que sa femme avait rapporté du poste de traite, en échange d'une peau de coyote. Il titubait, se coucha, s'endormit.

Lui aussi perdit une mèche de cheveux. Désormais Celina pourrait le suivre à distance sans qu'il s'en doute.

Dans le troisième sachet, Poanda vit par les yeux de Josah. Il était au Klondike. Il venait de trouver son premier gisement d'or. Il repéra soigneusement les lieux, marqua l'endroit sur une carte. Celina aurait pu aller enregistrer le claim avant même que Josah n'arrive à Tagish. Elle préféra lui laisser commencer le creusage pour tenter ensuite de lui soutirer son or. Ce jour-là, Celina commit la plus grande erreur de sa vie.

Quatrième sachet. Les cheveux provenaient de Petit Nuage. Il était en méditation avec quelques vieillards vêtus à la façon des Algonquins. À côté d'eux, une vieille préparait la loge de transpiration. Poanda s'insinua dans l'esprit de Petit Nuage. Il ne fut pas surpris. Ce n'était pas la première fois.

— Attention, Petit Nuage ! Tu vas ressentir un choc, mais tu te sentiras plus fort après. Je t'expliquerai quand tu passeras me voir.

Et Poanda brûla le dernier sac de cheveux.

Elle ouvrit alors la première boîte de babiche. Elle y trouva une poudre brune, qu'elle analysa par la vision. Extrait de petit séneçon. Purgatif et diurétique à faible dose. Peut entraîner la mort par destruction du foie. Deuxième boîte : saponaire officinale. Peut soulager les rhumatismes et désinfecter les blessures. Peut aussi provoquer des désordres nerveux, des hallucinations, la folie. Troisième boîte : datura. Poison violent...

Linaire, mélilot blanc, fausse giroflée, toutes les plantes plus ou moins toxiques de la région s'étaient donné rendez-vous dans les petites capsules de Celina. Elle ne les employait pas comme poison, le datura excepté. Elle préférait une méthode plus pernicieuse qui consiste à s'introduire dans l'esprit d'une personne pour y répandre l'esprit maléfique de la plante.

Chaque petite boîte de babiche était dédiée à une personne bien précise. Inutile d'en faire l'inventaire complet. Le feu allait libérer beaucoup de gens des maux qui leur empoisonnaient l'existence.

Il y avait aussi quantité d'amulettes. Elles ne pouvaient être destinées qu'à faire du mal, et Poanda ne prit pas le temps de les analyser.

Au feu, les amulettes.

Il ne restait que les feuilles.

Quarante-huit, en tout, couvertes de caractères minuscules, pointus comme des clous. Une écriture maladroite et primaire. Une écriture d'enfant méchante qui refuse de plier le poignet à ces courbes qui apportent harmonie et douceur à l'écrit. Le texte de la Barruga faisait mal avant même qu'on en ait déchiffré le premier mot.

C'était rédigé dans un mélange de calabrais et d'algonquin. Tellement obscur que Poanda fut obligée d'utiliser sa voyance pour en percer les arcanes. Elle allait passer des années à le traduire. Et pour en brûler l'essentiel. Ce n'était qu'un ramassis de recettes destinées à asservir ses semblables ou à les faire souffrir.

Voire à les tuer.

Un joli catalogue d'atrocités. Seules les sept dernières feuilles semblaient dignes d'être conservées.

Mon arrière-grand-mère n'y vit aucun maléfice.

Moi non plus.

Nous eûmes tort.

Poanda n'avait jamais demandé à Petit Nuage comment il était arrivé au Klondike en compagnie de son oncle, celui qu'on appelait là-bas Peau d'Ours. Le peu d'intérêt des chamanes pour les choses du quotidien a parfois ses inconvénients, car ce détail allait prendre sous peu une importance imprévisible.

Je me vois ici contrainte, à mon corps défendant, d'intervenir dans mon récit. Et ce qui est plus grave, dans celui de Celina. La plus élémentaire honnêteté littéraire me dicterait plutôt de livrer au lecteur ou à la lectrice un texte que je me serais bornée à recopier le plus fidèlement possible.

Mais le lecteur a droit à un minimum de respect.

J'ai, dans ce but, largement expurgé le texte qui va suivre de ce qu'il contenait d'insultes pour l'humanité en général, et le lecteur en particulier. Je n'y ai laissé que ce qui était nécessaire à la compréhension du document. Je faillis comprendre trop tard que ces grossièretés n'étaient que des leurres destinés à disperser mon attention dans les passages critiques.

Ce fut ma première erreur. J'aurais dû, au lieu d'expurger le texte, m'intéresser exclusivement aux passages orduriers et découvrir ce qu'ils cachaient. En les effaçant, j'ai joué le jeu de la sorcière ; je me suis arrêtée à la forme du texte sans en scruter le fond. Ma deuxième erreur fut de ne pas m'interroger sur le rôle du cristal qui accompagnait la clé du coffre.

Voici donc, en substance, ce que contenait le dernier chapitre du testament maudit de Celina Barruga :

« La grande erreur de l'humanité fut de renoncer à sa quête de pouvoir pour confier son destin à des machines. Quelques égarés découvrirent qu'en faisant brûler certains combustibles dans de puants moteurs, on pouvait transformer en travail la chaleur obtenue.

L'homme, aussitôt, se mit à construire des trains et à creuser le sol pour en extraire d'aberrantes quantités de charbon auxquelles il s'empressait de mettre le feu.

Il aurait mieux valu faire brûler les inventeurs.

Je ne me serais pas gênée, mais je suis née trop tard pour bien faire.

Si l'être humain avait ouvert les yeux, il aurait compris qu'au lieu d'aller s'enterrer dans des mines, comme un rat dans son trou, pour en arracher une énergie dérisoire, il lui suffisait de se servir de celle, illimitée et parfaitement disponible, dans laquelle il baignait.

L'Univers tout entier macère dans une quantité fabuleuse d'énergie dont seule une infime partie sert à empêcher les étoiles de se rencontrer. Le reste est disponible à qui sait s'en servir.

Ce savoir-là était, depuis l'origine des temps, le seul qu'il importât de posséder. Car ce savoir est celui qui donne le pouvoir.

L'homme n'a rien compris et a commencé à voyager en train. Quelle folie ! Cette monstruosité coûte une fortune, pue, fait du bruit et ne se déplace que sur ses rails.

À une allure de tortue.

Il paraît même qu'on commence à fabriquer des véhicules sans chevaux qui pourront aller sur les routes. Encore une industrie qui périclitera avant d'avoir vu le jour !

Alors qu'il est possible de se servir de l'énergie universelle pour se mouvoir rapidement, sans machine, sans moteur, sans routes ni rails.

Je l'ai compris quand j'ai dû successivement traverser l'océan en bateau, à la merci des vents, et la province à pied, à la merci des chemins. Je me suis bien juré que mon prochain voyage, je le ferais sans fatigue et sans perte de temps.

Ce sont les coureurs des bois qui m'ont montré la voie. Il est question, dans leurs légendes, de gens qui se déplacent en volant dans leurs canots.

J'y suis arrivée. Sans canot.

Ce fut une longue et dangereuse aventure. Je mis quarante ans à y parvenir. Alors que si mes imbéciles de parents m'avaient éduquée au lieu de me faire traire les chèvres, j'aurais pu voler dès ma plus tendre enfance.

Les humains sont dévorés d'ambition mais manquent totalement d'imagination. Ils inventent des trains au lieu de voler en canot!

Je dus trouver comment me soustraire à l'attraction terrestre. Ce phénomène agaçant utilise l'énergie universelle. Un esprit bien entraîné peut parfaitement refuser l'attraction, puis en utiliser la force dans un autre but. Celui de flotter dans les airs. C'est très simple à réaliser. Il suffit de retourner l'énergie pour qu'elle s'exerce dans l'autre sens.

De bas en haut.

L'attraction devient alors lévitation.

Le deuxième pas consiste à puiser dans cette énergie la force de se déplacer.

La lévitation, avec ou sans déplacement, est extrêmement dangereuse. Elle me demandait une concentration qui m'interdisait toute autre pensée. Que quelque chose vienne me distraire, et toutes les forces mises en place m'échappaient à l'instant.

Je perdais le contrôle.

Je tombais.

J'ai eu la prudence de m'exercer à cet art dans l'ancienne écurie de mon frère. Il ne venait jamais me déranger car il avait peur de moi. Mais la présence d'un cheval me fit à maintes reprises heurter le plafond ou tomber au sol.

La sale bête piaffait ou pétait chaque fois que j'avais besoin de toute ma concentration. Je m'en suis débarrassée.

Mais la pratique de la lévitation demeurait trop périlleuse. Je me serais tuée dans les plus brefs délais. Comme je ne voulais pas offrir ce plaisir à mes semblables, j'eus la meilleure idée de ma vie. Je me mis à faire léviter des objets.

Je compris vite que la solution était d'appliquer l'énergie à un objet et en lui assignant une tâche bien définie.

Car il est impossible de déconcentrer un objet.

Il y avait, dans mon écurie, un lourd banc sur lequel je déposais ma paillasse. J'arrivai sans trop de peine à le faire flotter dans les airs. Bientôt, je pus même lui ordonner de flotter en suspens à l'endroit que j'avais choisi.

Un jour, je m'enhardis jusqu'à m'asseoir dessus. Il ne bougea pas d'un cheveu et continua à léviter. Peu à peu, je pris l'habitude de déplacer le meuble par la pensée au gré de mes besoins. Je finis même par y dormir, à quatre pieds du sol, mettant ainsi ma paillasse à l'abri des souris auxquelles je n'avais pas encore réussi à imposer ma domination.

Je me mis alors à étudier le mouvement.

Un objet que l'on manipule par lévitation est porté à obéir sans aucune limite, puisque l'énergie dont il use est, elle aussi, illimitée. Elle voyage à travers l'univers, sous forme de radiation, à la vitesse de la lumière. L'objet qui s'en sert pour se mouvoir le fera, si on ne le restreint pas, à cette même vitesse de la lumière.

On n'a pas intérêt à être assis dessus.

J'ai tenté l'expérience avec de gros blocs de roche auxquels j'ai donné, sans restriction, une poussée ascensionnelle. Ils se sont tous transformés en météorites.

Les gens de Bois-Rouge ont dû être surpris, certaines nuits, de voir passer des étoiles filantes qui, au lieu de tomber, se dirigeaient vers le haut avant de se désintégrer. L'une d'entre elles retomba et fracassa le toit de l'église. Je l'avais à peine guidée.

Le problème que j'avais à résoudre était, encore une fois, celui de la concentration.

Contrôler le vol d'un objet en limitant sa vitesse demandait toute mon attention. Que se présente un obstacle, et aussitôt cet obstacle même me perturbait assez pour que je perde le contrôle. L'objet, laissé à lui-même, le percutait à toute vitesse, s'il ne prenait feu avant, à cause de la friction de l'air.

J'eus alors l'idée de confier la régulation du vol d'un objet à un autre objet. Je dotai mon véhicule d'un système de commande auquel je donnai la tâche de ne permettre aucun déplacement trop rapide ou trop élevé.

Et cela fonctionna.

Je pus bientôt effectuer mon premier vol habité.

Je n'avais pas de canot pour le faire, aussi me contentai-je de mon banc qui était, somme toute, assez confortable. Et assez spacieux pour pouvoir emporter un minimum de bagages.

Je suis la femme la plus rapide au monde. Me voilà insaisissable. Je peux donner l'impression d'être partout en même temps. Les gens auront peur de moi. Ils me craindront au point de m'obéir. Ma puissance sera infinie. »

29

Je lus et relus le texte surprenant que j'avais fini de traduire. Pour plus de sûreté, j'associai Poanda à ma recherche. Après plusieurs semaines de perplexité, nous nous demandions toujours si c'était un tissu de vantardises ou si la découverte de Celina allait faire réaliser un bond en avant à l'humanité.

D'ailleurs il y avait un hic.

La question du fameux système de commande, sans lequel l'engin volant n'était qu'une embarcation suicidaire. Or Celina n'en disait mot. Était-ce là encore un de ses méchants tours ? Avait-elle voulu nous mettre l'eau à la bouche en nous privant de l'élément clé de son invention ?

Sur ces entrefaites, Petit Nuage revint au bercail.

En voilà un qui arrivait à point nommé.

Je dus pourtant ravaler mon impatience.

Mon père, comme d'habitude, avait des tas de choses à discuter avec Poanda. Et elle n'eut rien de plus pressé que de me laisser là pour s'isoler avec lui.

Celina et ses objets volants mal identifiés étaient relégués aux oubliettes. Je dus ronger mon frein pendant deux interminables journées avant que Petit Nuage daignât s'apercevoir de ma présence.

Il était comme cela, Petit Nuage. Il ignorait toute personne à qui il n'avait rien à dire pour l'instant.

Ayant enfin fini de débroussailler ses nouvelles connaissances avec sa grand-mère, il me vit et m'embrassa avec son habituelle tendresse. Comme s'il venait tout juste d'arriver.

— Je sens que tu as quelque chose d'important à me dire, Pied-de-Lièvre. Tu bous d'impatience depuis deux jours.

— Oui, Petit Nuage. Nous avons fini de traduire le dernier texte de la sorcière, Poanda et moi. Il nous manque un détail que toi seul peux connaître. Comment as-tu rencontré Celina, avant de partir pour le Klondike ? Et surtout, comment vous y êtes-vous rendus ?

— Nous nous sommes connus au bord d'une rivière, quelque part dans l'Ouest. Mon oncle était un grand voyageur et, depuis qu'il m'avait recueilli, à la mort de mes parents, il m'emmenait partout avec lui. Il me faisait voir du pays, rencontrer des gens de toutes les nations dont nous traversions les territoires. C'était un grand curieux. Il n'avait jamais été dans le Nord-Ouest, et la ruée vers l'or l'intéressait. Non pour aller s'enrichir – il n'avait jamais eu d'argent et ne savait pas s'en servir. Mais pour voir des humains vivre une aventure. C'était sa passion.

— Et Celina, dans tout cela ?

— Un soir, nous accostâmes pour camper. Il y avait, au bord du cours d'eau, une belle clairière. Nous dressâmes notre tente de peau d'orignal et cherchâmes du bois pour le feu. Nous remarquâmes soudain la présence d'une vieille femme. Je suis sûr qu'elle n'était pas là à notre arrivée. Elle était apparue subitement, sans même qu'on l'entende.

— C'était bien dans ses manières, souligna Poanda. Si je comprends bien, vous avez cheminé ensemble jusqu'au Klondike ?

— Oui. La conversation s'engagea en algonquin entre elle et mon oncle. Elle dit qu'elle se cherchait un interprète et un assistant. Elle promettait de partager avec lui l'or qu'elle trouverait. L'or, mon oncle s'en fichait. Ce qu'il voulait, c'était aller se promener là-bas.

— Oui, mais comment avez-vous voyagé ?

— Sur un banc.

Sur un banc ! Nous y voilà ! C'était bien mon père, ça ! On lui demandait comment il avait voyagé, il répondait « sur un banc » comme vous diriez « j'ai pris l'autobus » !

— Ça ne t'a pas surpris de voler sur un banc ?

— De voler, non. Je savais qu'on pouvait le faire en canot. Sur un banc, c'était inhabituel. Ce fut d'ailleurs à l'origine d'une longue discussion entre Celina et mon oncle. Il voulait qu'on se serve de notre canot. Mais Celina ne savait pas diriger un canot. Elle n'en démordit pas : c'était le banc ou rien. Et sans bagages.

— Comment a réagi ton oncle ?

— Ça l'a fait rire. Il aimait la nouveauté. On a caché canot et bagages, et on a grimpé tous les trois à califourchon sur le banc. Celina devant, mon oncle derrière et moi au milieu. Je me rappelle qu'il rigolait tellement qu'il avait du mal à rester en équilibre. À un moment, Celina s'est retournée et l'a regardé d'une façon qui l'a glacé d'effroi. Il n'a plus ouvert la bouche de tout le voyage.

— Pas le regard-qui-tue ?

— Non, mais presque. J'appellerais ça le regard-qui-fige. Elle l'utilisait souvent pour maîtriser ses contradicteurs. Elle avait le dernier mot dans toutes les discussions.

— Mais son fameux banc volant, comment le dirigeait-elle ?

— Elle avait devant elle tout un dispositif qu'elle manipulait continuellement.

— Peux-tu le décrire ?

— Plus ou moins. Il y avait une boîte et des cailloux.

— Essaie de te rappeler.

— Je sais que la boîte comportait deux compartiments et pouvait se déplacer entre quatre planchettes. De temps à autre, Celina rajoutait ou enlevait des cailloux.

Chacune de ces manipulations modifiait notre allure. Les accélérations et les changements de cap ou d'altitude étaient assez brusques. Il fallait se tenir fermement.

— Je crois comprendre, dit Poanda. Je vais tenter de te décrire le fonctionnement du banc volant. Tu me diras si cela correspond à tes souvenirs.

— Je veux bien essayer.

— La position de la boîte entre les planchettes devait déterminer la direction du déplacement.

— C'est fort possible. Le banc pouvait se déplacer dans toutes les directions. Quand on était à l'arrêt, la boîte était toujours dans le milieu de son espace.

— Et les cailloux, selon le compartiment où elle les déposait, modifiaient la vitesse ou l'altitude.

— Tu as sûrement raison. Chaque fois que j'en entendais tomber un dans la boîte, le banc changeait d'allure ou d'altitude.

— Tout s'éclaire, conclut Poanda. C'est au fond très simple.

— C'est enfantin ! ironisai-je.

— Ne te moque pas, Pied-de-Lièvre. Tu vas saisir, toi aussi. La forme du mécanisme de commande n'a aucune importance. Le tout est de lui imprimer, par la force de l'esprit, une sorte de code.

— Dans le genre : un caillou dans la boîte et tu montes de dix pieds ?

— Exactement. Tout devait être prévu pour que le banc obéisse automatiquement à des signaux convenus d'avance. Sans que son pilotage demande la moindre intervention mentale.

— Mais alors...

— Alors, nous venons d'avoir le dernier mot sur Celina. Elle a voulu nous narguer en ne nous livrant que la moitié de sa seule invention utile. Mais elle a sous-estimé la mémoire d'un enfant de cinq ans. Petit Nuage, comme tous les jeunes, était curieux. Il a enregistré tous les détails de la conduite du banc volant.

— Veux-tu dire que toi aussi, tu pourrais fabriquer un banc volant ?

— Bien sûr ! Avec les pouvoirs dont dispose une gardienne de la fontaine, ce serait même assez facile. Pourtant mon rôle n'est pas de révolutionner les transports en commun !

— Le tien, non, coupa Petit Nuage. Mais moi, qui m'en empêche ?

— En effet. Tu possèdes assez de sagesse pour faire bon usage d'une telle invention. Quand tu voudras, tu pourras te construire un banc.

— Non. Pas un banc. Un canot, comme dans la légende. Ou plutôt, je ferai d'abord un banc, pour vérifier les principes techniques de Celina. Mais si je me mets à voyager en volant, ce sera dans un canot fait de mes mains.

— Si tu veux. Mais il va falloir que nous en parlions. As-tu pensé à l'usage que pourraient en faire les militaires ou les malfaiteurs ?

— Je vois ça d'ici, intervins-je. Quel véhicule idéal pour un vol à main armée ! Quel tout-terrain pour faire la guerre, après l'avoir équipé d'une mitrailleuse et d'un lance-roquettes !

— Vous avez raison, dit mon père. Le secret ne devra être transmis qu'entre initiés. Avec la permission de la gardienne de la fontaine.

— Voilà qui est bien sage, Petit Nuage. Apporte-moi ton banc puis ton canot quand tu les auras construits. Nous leur donnerons des ailes.

30

Pendant que Petit Nuage cintrait des perches, récoltait de l'écorce de bouleau et faisait chauffer de la résine de sapin, Poanda entreprit de me donner ma formation de gardienne de la fontaine. Je n'avais que quinze ans, mais elle m'assura que j'étais prête à prendre sa place.

Mon père avait soixante-dix ans, Poanda cent treize. Je lui objectai qu'elle-même n'avait succédé à Chamane que dans la soixantaine.

— Ce n'est pas une question d'âge, me répondit-elle, mais de destinée. Une gardienne ne doit céder sa place que quand sa destinée est achevée.

— Veux-tu dire que tu…

— Non, Pied-de-Lièvre. Pas encore. Il me reste à finir l'éducation de Petit Nuage et la tienne. Mais il faudra faire vite, à présent. Même une chamane n'est pas éternelle.

Dans les trois mois qui suivirent, je dus apprendre ce que Chamane et Poanda avaient mis quarante ans à assimiler. C'était faisable, mais éreintant. Je ne comprenais d'ailleurs pas pourquoi Poanda se dépêchait soudain de me former, alors qu'elle avait deux filles, Esclarmonde et Philomène, qui peut-être ne demandaient pas mieux que de prendre la place.

Je lui en fis la remarque.

— J'ai longtemps couvé cet espoir, me répondit-elle. Mais aucune de mes deux filles n'avait les dispositions requises. Pour faire une bonne gardienne, le minimum est de posséder les yeux qui voient.

— Ce doit être bizarre de vivre sans les yeux.

— Tu sais, Pied-de-Lièvre, la majorité des gens s'en passe. Surtout à Bois-Rouge. Par contre, ce don est beaucoup plus fréquent chez les Indiens. C'est pourquoi j'ai choisi ta mère dans ton peuple.

— Tu as choisi ma mère ?

— Mais oui. Tu ne t'en doutais pas ? Rassure-toi, je l'ai fait très soigneusement. Je voulais une femme dont les qualités soient au moins aussi prometteuses que celles de Petit Nuage.

— Je me doute bien que tu ne l'as pas choisie pour l'intensité de son instinct maternel !

— Tu as tort de te moquer, petite. Ta mère a été très présente dans ta vie.

— Ah ! Bravo ! Omniprésente, mais tellement discrète que je ne l'ai pas vue passer une seule fois en quinze ans ! Pas le genre de personne dont les visites dérangent !

— Tais-toi donc, petit poison ! Depuis quinze ans, Marguerite t'a rendu visite dans tous tes rêves.

— Je ne l'y ai jamais vue. Pourquoi se cachait-elle ?

— Parce que je le voulais. Tu devais être sous ma totale influence, sinon je n'aurais jamais eu le temps de te former.

— Et pendant tout ce temps, elle s'est contentée de venir mettre le nez dans mon sommeil !

— Je te signale que tu parles algonquin avec Petit Nuage. Je ne me souviens pas de te l'avoir enseigné…

Cette remarque fit taire en moi toute rancœur. Parler algonquin avec mon père était pour moi tellement naturel que je ne m'étais jamais posé la question.

Qui, en effet, m'avait appris cette langue ?

Certainement pas Petit Nuage.

Il était tout le temps en voyage.

Et Poanda m'avait élevée en français.

Je dus bien me rendre à l'évidence : ma mère m'avait patiemment glissé son parler dans l'oreille pendant quinze années de rêves.

— Pardonne-moi, grand-mère. Je me suis emportée trop vite, et pour rien. Mais avoue quand même que c'est frustrant. Avoir une mère que je ne connais pas, apprendre qu'elle est venue me voir toutes les nuits depuis ma naissance et qu'elle ne s'est jamais manifestée…

— Je comprends parfaitement et tu es toute pardonnée. Encore une fois, c'est moi qui ai voulu que les choses soient ainsi. Autrement je n'aurais pas eu le temps de te former. Je serais morte avant d'avoir une gardienne pour me succéder.

— Que serait-il arrivé, dans ce cas ?

— La fontaine aurait disparu en même temps que moi. Je devais donc d'urgence disposer d'une fille à former. Marguerite l'a compris et a accepté de t'engendrer avec Petit Nuage.

— Tu étais si sûre que Marguerite aurait une fille ?

— Voyons, Pied-de-Lièvre, à quoi servirait d'être gardienne de la fontaine si l'on ne pouvait contrôler des choses aussi simples ?

Petit Nuage disparut plusieurs fois au cours de ces deux mois. Il n'avait jamais construit de canot. Cet art, pourtant, faisait visiblement partie de sa culture, mais les imprévus techniques l'obligèrent souvent à aller demander conseil à l'on ne sait qui.

Il me faisait penser à ces bricoleurs qui filent à la quincaillerie chaque fois qu'ils ont besoin d'un clou !

Toujours est-il que le canot de mon père devint peu à peu une réalité.

Il était superbe.

Seize pieds de long. Quatre de large.

Pas du fin canot de descente de rivière, non.

Plutôt un beau canot de lac, stable et spacieux.

Et d'une élégance !

On pouvait y voir, peint avec amour, un petit nuage totémique, entouré de quantité de motifs du plus bel effet : des trèfles en hommage à sa fille et des marguerites en mémoire de sa mère. Heureusement, ce canot n'irait jamais à l'eau. Il eût été dommage de souiller de vase une aussi belle œuvre d'art.

L'heure était grave.

On allait passer aux actes.

À la fin des années cinquante, on ne levait plus les yeux quand passait un avion. Le vol, depuis les frères Wright et autres Lindbergh, était devenu banalité quotidienne.

L'effectuer en canot, par contre, était de nature à rajeunir un spectacle dont le public était blasé. Mais avec les yeux de mes quinze ans, je voyais la chose tout différemment. La légende amérindienne et celle de la chasse-galerie, c'était bien, mais ça aussi, c'était du connu.

Moi, j'aurais innové.

Tiens, pourquoi pas une de ces soucoupes volantes qui défrayaient la chronique, à l'époque ?

Mais Petit Nuage ne voulut rien savoir.

— Ta soucoupe volante, c'est un bon plan pour se faire tirer dessus. Les gens ont peur des Martiens depuis qu'ils ont vu des films montrant des extraterrestres sanguinaires. Un homme en canot, ça, au moins, ça n'effrayera personne. La seule chose qu'on pourra me reprocher, c'est de naviguer cent pieds au-dessus du niveau de la rivière.

Le banc d'essai de Petit Nuage, bien que bricolé hâtivement, convint aux expériences de Poanda. Elle y fit installer la boîte aux deux compartiments et les quatre planchettes. Il ne manquait que les cailloux. Afin d'éviter les confusions, elle les choisit blancs pour la commande d'altitude, noirs pour celle de vitesse. Les essais furent concluants dès la première tentative. Bientôt Petit Nuage se mit à voltiger çà et là, fier comme un paon et le visage orné d'un enfantin sourire.

De toute évidence, mon très sérieux papa s'amusait comme un petit fou. Il m'offrit même le plaisir d'une longue promenade au-dessus des arbres, dont je revins aussi hilare que mon pilote. Je n'avais jamais autant joué avec lui au cours des quinze années de ma vie.

Nous passâmes ensuite aux choses sérieuses.

Faire voler le canot.

Petit Nuage avait pris soin de doter son embarcation d'un siège de pilote accompagné d'un pupitre. Ce dernier allait recevoir les commandes.

Mon père ne se donna pas la peine d'en construire de nouvelles. Il se contenta d'arracher celles du banc d'essai et de les réinstaller sur le pupitre du canot. Il était pressé. Le soir tombait et il voulait voler avant que l'obscurité soit complète.

Il enjamba le bord de l'esquif.

Il n'y eut pas de cérémonie émouvante.

Mais la suite, de toute façon, allait l'être.

Petit Nuage prit un caillou blanc, le laissa choir dans la boîte de commande, s'envola.

Son ascension fut vertigineuse.

Il n'était plus qu'un point dans le ciel lorsqu'il devint lumineux.

À l'endroit où mon père venait de se désintégrer, il n'y eut plus qu'un petit nuage que le soleil couchant ourlait de pourpre.

Puis son totem s'effaça à son tour.

La disparition de Petit Nuage fut si harmonieuse que nous en oubliâmes de pleurer sa mort. Poanda était très sereine, un léger sourire aux lèvres.

Je compris à son expression de paix intérieure que l'événement n'était pas une surprise pour elle.

Elle cessa aussi d'en être une pour moi. Je crois que c'est à cet instant que je devins chamane. Je saisis beaucoup de choses en un éclair. Je sus que la destinée de Petit Nuage était accomplie. Poanda et lui savaient qu'on ne peut prendre les commandes d'un véhicule pour en équiper un autre. En changeant de support, elles redeviennent sauvages. Petit Nuage n'ignorait pas qu'il allait se transformer en étoile filante et c'était son choix. Voilà pourquoi il avait construit et décoré son canot avec tant d'amour.

Il était inutile d'interroger Poanda sur tout cela. Elle n'aurait même pas répondu. La seule chose que je désirais vraiment savoir, c'est la nature du mal qui condamnait mon père. Je ne posai donc qu'une question.

— Quelle maladie?

— Cancer généralisé.

Peu de temps après le décès de Petit Nuage, Poanda disparut à son tour, comme Chamane l'avait fait avant elle.

Sans plus de cérémonie.

J'étais devenue gardienne de la fontaine.

Avant de partir, elle m'avait remis une petite bourse de peau, en précisant qu'elle contenait ce qu'il me restait à apprendre.

Le chagrin de la voir partir m'empêcha d'ouvrir tout de suite le petit sac que je déposai sur le linteau qui surplombait l'âtre. On pourrait croire que je manquais de curiosité, mais ces derniers mois avaient été pénibles. Poanda, sentant venir sa fin, m'avait littéralement gavée de connaissances, au point d'émousser en moi toute curiosité.

Puisque désormais j'étais la gardienne de la fontaine pour le reste de ma vie, chamane héritière d'une longue lignée, je pouvais bien attendre un peu pour parfaire mes connaissances.

Pour me consoler de la perte de mon arrière-grand-mère, je m'attelai à une question qui me préoccupait depuis que j'avais volé avec Petit Nuage. Le banc était toujours à sa place dans la cabane. Il me suffisait de lui construire un nouveau système de commandes.

Je disposais de tous les éléments pour apporter à l'humanité la solution à son problème majeur : comment se déplacer sans polluer ; comment rayer définitivement de la carte toute énergie malpropre ; comment soustraire mes semblables à la menace d'un étouffement lent mais irrémédiable.

Je n'osais croire que la solution était à la portée de ma main. Je m'apprêtais à construire un véhicule plus esthétique que le banc de Petit Nuage et à m'en servir pour une déclaration fracassante. Je me voyais déjà devant la presse faisant une apparition très remarquée aux commandes du véhicule de l'avenir. Celui qui ne coûtait rien en carburant et qui ne laissait pas de traces de son passage. Je lui donnerais le nom de vénomèle. Une contraction de « véhicule non mécanique lévitationnaire ».

Une chose, pourtant, jetait une ombre sur mon projet. Pourquoi la Buglio, cet être essentiellement nuisible, n'avait-elle pas détruit toute trace de cette invention pouvant faire d'elle une bienfaitrice pour l'humanité ?

À peine m'étais-je posé cette question qu'une odeur de brûlé me sortit de ma rêverie.

Je bondis sur mes pieds.

La fumée provenait du manteau de la cheminée. Plus exactement, elle sortait de la petite bourse que j'y avais déposée et qui contenait le quartz de Celina. Je compris immédiatement l'avertissement. Cet objet avait un message à m'adresser et avait mis le feu à son enveloppe pour attirer mon attention.

Je n'eus aucune difficulté à éteindre le minuscule incendie qui, d'ailleurs, n'était qu'illusion. Le cristal ne me brûla nullement la main.

Par contre, il se mit à briller. Une image apparut avec une troublante netteté, me montrant Celina lorsqu'elle découvrit le quartz que je tenais à la main. Je sentis mes sens m'abandonner, l'image m'envahir. Je dus m'asseoir. Bientôt, le spectacle qui émanait de la petite pierre transparente effaça tout ce qui se trouvait autour de moi, jusqu'à ma propre personne.

La première scène montre Celina assistant comme moi au spectacle qui se dégage du quartz. Elle ouvre des yeux hallucinés. Bientôt, l'expression d'une joie cruelle s'imprime sur son visage. Elle éclate d'un rire dément, embrasse la pierre, la range dans son sac.

Dans la deuxième scène défilent divers prototypes de véhicules non mécaniques, le premier n'étant autre que le fameux banc qui mena la sorcière jusqu'au Yukon. Passent ensuite le canot de Petit Nuage et d'autres objets volants de plus en plus perfectionnés.

Sans que rien le laisse prévoir, l'un d'eux est entouré d'explosions. Un travelling vertigineux nous fait plonger à terre. Des véhicules blindés sans roues et sans moteurs se déplacent en lévitant près du sol. Ils combattent d'autres appareils plus conventionnels qui tentent en vain de manœuvrer sur leurs encombrantes chenilles. Cette guerre de l'avenir est en train de déchirer l'humanité en deux camps : les pétroliers et les écolos. Les vénomèles militaires ne se servent pas de projectiles mais de radiations. Les environnementalistes du futur ont compris que l'énergie universelle peut aussi être utilisée comme rayon de la mort.

Mais les pollueurs n'ont pas dit leur dernier mot. Ils libèrent cette arme qui a fait trembler le vingtième siècle et que tous se sont sagement résignés à mettre de côté : les missiles nucléaires s'envolent des quatre coins de la planète…

Une dernière image révèle des rats vivant dans les décombres d'une grande ville dont ils semblent être les seuls occupants.

Le redoutable spectacle s'arrête aussi abruptement qu'il a commencé.

Dans toute cette funeste aventure, je m'étais posé presque trop tard une question cruciale. La seule vraiment importante. Pourquoi Celina aurait-elle mis au point une invention propre à sauver l'humanité de son autodestruction ? Je venais d'avoir la réponse à ce mystère que ni Poanda ni moi n'avions pensé élucider.

La sorcière, elle, savait. La Buglio avait découvert le cristal magique, mis sur son chemin par Chamane, et avait assisté au cataclysme que son invention allait déclencher sur la planète.

Poanda, de toute évidence, n'avait jamais pris la peine d'interroger ce morceau de quartz. Ou alors son message m'était destiné, à moi seule.

Je sortis le banc de mon père et y mis le feu de mon regard incendiaire. Puis j'en récoltai les cendres et les immergeai dans la fontaine. L'eau se mit à bouillonner aussitôt, comme chaque fois qu'y était plongée une substance maléfique.

Je me purifiai ensuite dans la fontaine magique en réfléchissant à la catastrophe que j'avais failli provoquer.

Quand je revins dans ma maisonnette, je voulus m'emparer du cristal de quartz pour l'anéantir à son tour dans l'eau purifiante.

Mais il avait disparu.

YVES

STEINMETZ

Yves Steinmetz a grandi en Afrique centrale. Sa jeunesse s'est déroulée dans le cadre de la jungle équatoriale, en contact étroit avec la nature et les populations locales. Il a gardé de ses origines un goût prononcé pour le mystère, la magie, la fantaisie.

Depuis 1968, il passe au Québec une vie mouvementée. Aventurier de la culture, il exerce les métiers les plus divers : luthier, musicien, entraîneur de chiens, horticulteur, dessinateur... Jusqu'à ce qu'il découvre enfin un univers sans limites, où tout existe, même l'impossible : celui du roman. Depuis, il consacre sa vie à raconter les histoires les plus fantastiques.

Collection Conquêtes

40. **Le 2 de pique met le paquet,** de Nando Michaud
41. **Le silence des maux,** de Marie-Andrée Clermont en collaboration avec un groupe d'élèves de 5e secondaire de l'école Antoine-Brossard, mention spéciale de l'Office des communications sociales 1995
42. **Un été western,** de Roger Poupart
43. **De Villon à Vigneault,** anthologie de poésie présentée par Louise Blouin
44. **La Guéguenille,** nouvelles de Louis Émond
45. **L'invité du hasard,** de Claire Daignault
46. **La cavernale, dix ans après,** de Marie-Andrée Warnant-Côté
47. **Le 2 de pique perd la carte,** de Nando Michaud
48. **Arianne, mère porteuse,** de Michel Lavoie
49. **La traversée de la nuit,** de Jean-François Somain
50. **Voyages dans l'ombre,** nouvelles d'André Lebugle
51. **Trois séjours en sombres territoires,** nouvelles de Louis Émond
52. **L'Ankou ou l'ouvrier de la mort,** de Daniel Mativat
53. **Mon amie d'en France,** de Nando Michaud
54. **Tout commença par la mort d'un chat,** de Claire Daignault
55. **Les soirs de dérive,** de Michel Lavoie
56. **La Pénombre Jaune,** de Denis Côté
57. **Une voix troublante,** de Susanne Julien
58. **Treize pas vers l'inconnu,** nouvelles fantastiques de Stanley Péan
60. **Le fantôme de ma mère,** de Margaret Buffie, traduit de l'anglais par Martine Gagnon
61. **Clair-de-lune,** de Michael Carroll, traduit de l'anglais par Michelle Tisseyre
62. **C'est promis ! Inch'Allah !** de Jacques Plante, traduit en italien

63. **Entre voisins,** collectif de nouvelles de l'AEQJ
64. **Les Zéros du Viêt-nan,** de Simon Foster
65. **Couleurs troubles,** de Lesley Choyce, traduit de l'anglais par Brigitte Fréger
66. **Le cri du grand corbeau,** de Louise-Michelle Sauriol
67. **Lettre de Chine,** de Guy Dessureault, finaliste au Prix du Gouverneur général 1998, traduit en italien
68. **Terreur sur la Windigo,** de Daniel Mativat, finaliste au Prix du Gouverneur général 1998
69. **Peurs sauvages,** collectif de nouvelles de l'AEQJ
70. **Les citadelles du vertige,** de Jean-Michel Schembré, prix M. Christie 1999
71. **Wlasta,** de Laurent Chabin
72. **Adieu la ferme, bonjour l'Amazonie,** de Frank O'Keeffe, traduit de l'anglais par Hélène Filion
73. **Le pari des Maple Leafs,** de Daniel Marchildon. Sélection Communication-Jeunesse
74. **La boîte de Pandore,** de Danielle Simd
75. **Le charnier de l'Anse-aux-Esprits,** de Claudine Vézina. Sélection Communication-Jeunesse
76. **L'homme au chat,** de Guy Dessureault, finaliste au Prix du Gouverneur général 2000 et sélection Communication-Jeunesse
77. **La Gaillarde,** de Denis et Simon Robitaille
78. **Ni vous sans moi, ni moi sans vous : la fabuleuse histoire de Tristan et Iseut,** de Daniel Mativat, finaliste au Prix du Livre M. Christie 2000 et sélection Communication-Jeunesse
79. **Le vol des chimères : sur la route du Cathay,** de Josée Ouimet. Sélection Communication-Jeunesse
80. **Poney,** de Guy Dessureault. Sélection Communication-Jeunesse

81. **Siegfried ou L'or maudit des dieux,** de Daniel Mativat. Sélection Communication-Jeunesse
82. **Le souffle des ombres,** d'Angèle Delaunois. Sélection Communication-Jeunesse
83. **Le noir passage,** de Jean-Michel Schembré
84. **Le pouvoir d'Émeraude,** de Danielle Simard. Sélection Communication-Jeunesse
85. **Les chats du parc Yengo,** de Louise Simard. Sélection Communication-Jeunesse
86. **Les mirages de l'aube,** de Josée Ouimet. Sélection Communication-Jeunesse
87. **Petites malices et grosses bêtises,** collectif de nouvelles de l'AEQJ
88. **Les caves de Burton Hills,** de Guy Dessureault
89. **Sarah-Jeanne,** de Danielle Rochette. Sélection Communication-Jeunesse
90. **Le chevalier des Arbres,** de Laurent Grimon. Sélection Communication-Jeunesse
91. **Au sud du Rio Grande,** d'Annie Vintze. Sélection Communication-Jeunesse
92. **Le choc des rêves,** de Josée Ouimet. Sélection Communication-Jeunesse
93. **Les pumas,** de Louise Simard
94. **Mon père, un roc !** de Claire Daignault
95. **Les rescapés de la taïga,** de Fabien Nadeau
96. **Bec-de-Rat,** de David Brodeur
97. **Les temps fourbes,** de Josée Ouimet
98. **Soledad du soleil,** d'Angèle Delaunois. Sélection Communication-Jeunesse
99. **Une dette de sang,** de Daniel Mativat
100. **Le silence d'Enrique,** d'Annie Vintze
101. **Le labyrinthe de verre,** de David Brodeur
102. **Evelyne en pantalon,** de Marie-Josée Soucy. Prix Cécile Gagnon 2006